# 大英博物馆日记

## （外二种）

— 陈平原 著 —

三联书店

**图书在版编目 (CIP) 数据**

大英博物馆日记：外二种 / 陈平原著 . —— 北京：
生活·读书·新知三联书店，2017.2
ISBN 978-7-108-05780-8

Ⅰ . ①大… Ⅱ . ①陈… Ⅲ . ①随笔－作品集－中国－
当代 Ⅳ . ① I267.1

中国版本图书馆 CIP 数据核字 (2016) 第 191682 号

责任编辑　卫　纯
装帧设计　张　红　朱丽娜
责任校对　龚黔兰
责任印制　宋　家
出版发行　生活·讀書·新知 三联书店
　　　　　北京市东城区美术馆东街22号
邮　　编　100010
经　　销　新华书店
网　　址　www.sdxjpc.com
排　　版　北京红方众文科技咨询有限责任公司
印　　刷　河北鹏润印刷有限公司
版　　次　2017年2月北京第 1 版
　　　　　2017年2月北京第 1 次印刷
开　　本　787毫米×1092毫米　1/32　印张 8.75
字　　数　164千字　插图103幅
印　　数　0,001-6,000册
定　　价　39.00元

（印装查询：010-64002715；邮购查询：010-84010542）

# 目录

克里特游记

## 欧游散记

# 自序

　　书名《大英博物馆日记》(外二种)，意思是在山东画报出版社 2003 年版《大英博物馆日记》之外，增加了《克里特游记》及《欧游散记》。多次欧游，当然还有其他零散文字，但公开发表过的，就这些了。

　　不是文学家，也不是旅行家，只是喜欢旅游的读书人，偶尔写点游记，在我并非驰骋才华，而是立此存照。当然，以学者的眼光"阅读欧洲"并撰写随笔，也不是一无是处。比如，我曾提及《大英博物馆日记》："本书的最大特色在于，努力打破博物馆的封闭性，引入另外两个参照系——作为游览者的我，不仅与博物馆里的万千展品对话，还与此前诸多描述这座博物馆的先贤以及当代中国的日常生活对话。因此，每则日记的'附记'部分，并非可有可无。"(参见《如何阅读〈大英博物馆日记〉——答台湾〈野葡萄〉文学杂志社问》,[台北]《野葡萄》第 18 期，2005 年 2 月)

并非博物馆学家，对英国历史也缺乏深入的了解，我之游览大英博物馆，纯属业余爱好。按理说，这样的人，是没有资格在公众面前指手画脚的。可意想不到的是，我斗胆写出的这册小书，出版后竟大获好评，中央电视台《读书时间》栏目还专门制作了长达半小时的专题片《陈平原带您游大英博物馆》。选择这么一个蹩脚的"导游"，当然不是看中其并不丰厚的学识，而是公众比较容易借助此非专业的视角进入这片知识的海洋。2006年首都博物馆举办《世界文明珍宝——大英博物馆之250年藏品展》，邀请我做专题演讲，效果据说很好——想必也是因为贴近大众的阅读水平与观赏趣味吧。

"欧游散记"一辑乃集合之作，并非成于一时。八文均单独发表过，曾收入不再刊行的《走马观花》(上海书店出版社，2009年)。书不再重印了，但当初的自序值得引录："因缘际会，有了旅途中的小憩，于是，顺手采撷点花草，给自己保留记忆，给朋友提供娱乐。不用说，这些都是'表面文章'。但在讥笑其'浮浅'的同时，请体味文章背后的'得意'——在我看来，对于旅行者来说，这种'喜气洋洋'的心情格外值得珍惜。"

伦敦之行，我得到了伦敦大学亚非学院贺麦晓(Michel Hockx)教授的鼎力相助。除了邀我赴英，曾在北大进修过的贺麦晓教授，日后还主持翻译了拙著《触摸历史与进入五四》(*Touches of*

*History: An Entry into 'May Fourth' China*, translated by Michel Hockx, LEIDEN·BOSTON: Brill Academic Publishers, 2011），这份厚谊更是应当深谢。

整本书中，写作时间最早的实属1996年成文的《小城果然故事多》。除了来去匆匆的瑞典之行（1993年），这是我认真观察欧洲的起点。荷兰莱顿大学会议的组织者还是贺麦晓教授，接下来邀我顺访海德堡大学的是鲁道夫·瓦格纳（Rudolf G.Wagner）教授。日后，我与瓦格纳教授有许多学术合作的机会，也曾应其邀请到海德堡大学讲学（2000年10—12月）。

撰于1998年的《无法回避的"1968"》，是我所有游记中最满意的。此文可谓"寄托遥深"，但无论史实、见识与情感，均在可控范围内，故显得游刃有余。此次布拉格之行，得益于曾先后任职于捷克科学院东方研究所、加拿大多伦多大学、布拉格查理大学的米琳娜（Milena Dolezelova-Velingerova）教授的精心安排。苏军入侵后远走他乡、两年前才回来出任查理大学访问教授的米琳娜，选择这个时间点开会，既表达了自己对于世事变迁的感叹，也希望我们亲身感受"布拉格之春"的永久魅力。此后我们常有学术交流，甚至合作编书（《近代中国的百科辞书》，北京大学出版社，2007年）。2012年10月米琳娜教授不幸去世，我曾在《文汇报》上撰文纪念。

希腊克里特岛之行，其实是我2004年春夏在法国东方语言文化学院讲学的插曲。那次巴黎讲学之得以实施，全靠何碧玉（Isabelle Rabut）教授的邀请、安排。除了享受巴黎的春光，观察变化中的欧洲，寻找若干研究资料，再就是顺手写了八则短文。那次讲学的部分文稿，日后由何碧玉教授及其丈夫（法国波尔多第三大学安必诺教授）合作翻译成法文（*Sept leçons sur le roman et la culture modernes en Chine*, Edited by Angel Pino and Isabelle Rabut, LEIDEN·BOSTON: Brill Academic Publishers, 2015），这更是此行意料不到的惊喜。

作为学者，我没有能力更多地沉思翰藻，实在很遗憾。在兴高采烈地游览之余，顺便舞弄一下文墨，如此"业余写作"，自然不敢有太多的奢望。当然，若有幸入哪位方家之眼，我会很高兴的。

2016年2月24日于京西圆明园花园

大英博物馆日记

## 小引

今年七八月间，应邀到伦敦大学亚非学院（SOAS）访问研究。时值暑假，学生大都外出，于是免去了原先约定的学术演讲。对此，邀请者表示歉意，我则窃喜。正是这一变化，使我得以抛弃"中国文学专家"的身份，以旅游者好奇的目光，仔细打量这座对我来说十分陌生的国际大都市。

整整一个月，白天外出，游胜迹、逛书店、访名校、进画廊，再就是参观大英博物馆；晚上则躲在家中，阅读从亚非学院图书馆借来或刚刚买到手的各式闲书。就这样，日子过得有滋有味。不知不觉间，到了该打道回府的时候。临走前，扔下一句大话：我会为这座城市写点东西。不是狂妄到以为自己的"妙笔"能让伦敦"蓬荜生辉"，而是这座城市的某些细节确实让我着迷，以至无视专业边界，谈论起走马观花所得的伦敦印象。

伦敦一月，最让我得意的是，住处临近大英博物馆，因而得以从容观察这个已有二百五十年历史、绝对享誉全球的"知识的海洋"。走过不少国家，见识过许多美术馆和博物馆，到目前为止，最让我怦然心动、流连忘返的，非大英博物馆莫属。这一判断，牵涉时间、金钱、个人心境以及知识储备等，带有很大的主观随意性。好在我不是博物馆学专家，不必使用"最好之一"这样模棱两可的外交辞令。作为一个充满好奇心而又缺乏专业背景的读者，我的表述，或许更能代表一般游客的见解。

基于此，我选择了十二则参观大英博物馆以及大英图书馆的日记（后者现已独立门户，可原先归属于前者），略做整理，补充了一些相关资料，以奉献给不见得有机会亲临其境的读者。之所以采用日记的形式，目的很明确——藏拙，能说多少算多少。日记中又加附记，则是不敢冒充博学。并非倚马立就的天才，只好屡屡"事后诸葛亮"。

2001年9月16日于京北西三旗

# 国民教育的立场

2001 年 7 月 27 日，星期五，晴

　　一觉醒来，已是中午时分。都说伦敦的夏天多雨，可首先让我领教的，却是一点不比北京逊色的大太阳。胡乱摊开行李，连书籍、山楂片带笔记本电脑，一股脑全摞在客厅的书桌上。这回走得太匆忙，一点"功课"也没做，上飞机前随手抓了《英国地图册》(李静等主编，北京：中国地图出版社，2000)、《英美概况》(陈治刚等，上海外语教育出版社，1994)，还有几年前 W 教授留下的日文本《伦敦》(石川敏男：《ロンドン》，东京：昭文社，1990)。原本设想，十个小时的越洋飞行，有足够的时间，可将这三书翻阅一遍。可惜旅途劳累，眼睛似睁非睁，书本似读未读，一直到走出西斯罗机场，对于我所要游览的伦敦，依然一头雾水。

　　终于有时间和精力铺开伦敦地图，仔细研究周边的环境了。像往常一样，每到一处新居，第一件事，就是确认周围有无值得拜访的名胜古迹。接待我们的 M 教授早已在地图上标明了新居的

位置：布卢姆斯伯里（Bloomsbury）区的 Cosmo Place 13 号。前者因伍尔夫、福斯特、凯因斯等人的布卢姆斯伯里团体而声名显赫，读人文学的大都知道；后者则是一条只有二三十米长、排列着六七家饭馆和一处教堂的小街。小街本身没什么，背靠小小的皇后广场，面向南安普敦大街。可一旦上了大街，可就非同小可了。右边几十米是伦敦大学门前的罗素广场，左边不远处则是伍尔夫等人时常出没的布卢姆斯伯里广场。更重要的是，就在这两个林木葱郁的广场后面，正是举世闻名的大英博物馆！

外出旅游，能与如此重要的博物馆比邻而居，实在太幸福。当即决定，带上地图，探路去。

从住处走到大英博物馆门口，也只五分钟的路程。看看表，已经是下午 5 点半，按常规，应该接近闭馆时间了。以我们游历纽约、巴黎、东京等国际大都市的经验，像这样知名度极高的博物馆，门票绝不便宜。夏君称，刚看几眼就被请出来，未免有些冤枉。今天就随便走走，看看建筑物的外观，感染感染这里浓郁的文化氛围。等安定下来，找一个有闲的日子，从早看到晚，方才"物有所值"。

古希腊风格的门廊，本给人庄严肃穆的感觉；可进进出出的人流，却显得十分轻松。有倚着门前的现代雕塑拍照的，也有三五成群坐在水泥地上聊天的，更多的则是一路眉飞色舞，高谈阔论地朝你走来。从参观者如痴如醉的眼神里，你能读出"不虚

大英博物馆正门

此行"的赞叹。

　　人流大都向外走，偶尔也有朝里的。试探着近前观察，忽然发现，迈上台阶的游客径直入内，并未出示门票或证件。大门口有人把守，但不管验票，只是负责维持秩序。环视左右，见到几个募捐箱，却没有售票的窗口。往外走的，有人朝箱子里塞钱；往里走的，却都是昂首阔步。敢情这里是免费参观，自由出入？

　　一瞬间，真的很感动。相视一笑，不约而同地小步跑上台阶，提前登堂入室。可一见展厅编号1—94，当即傻眼了：如此庞杂的展示内容，真不知从何处入手。没有做好参观的心理及知识准

大英博物馆出版社2001
年版《大英博物馆》

备，贸然闯入，效果并不好。还是老老实实，退而求其次，就在
这方形建筑群的"天井"里转悠。周边各七八十米的大天井，前
面是两个问讯处，四周零星摆放着若干精美石雕，中间部分乃大
名鼎鼎的阅览室。围着阅览室的，则是主要展卖各式旅游图书及
纪念品的新建的大展苑。别的不急，先付六英镑，抢一册《大英
博物馆》再说。很高兴，这里的博物馆手册，在英、法、德、日、
西班牙文之外，终于有了中文版。这些年在欧洲旅行，发现一个
明显的变化，主要旅游城市及博物馆的指南，包含中文版的越来
越多。这自然与近年中国游客的迅速增加有关。相信有一天，中

文会像英文、日文一样，成为最主要的"旅游语言"。

回到"新居"，第一件事就是翻阅《大英博物馆》，查看这座创建于1753年的国家博物馆最初的模样。因为，现在大英博物馆建筑群的基本格局，是1850年扩建时奠定的，而原先的馆址蒙塔古大厦，则已在扩建中拆掉了。依照常识，最初的捐赠者汉斯·斯隆爵士（1660—1753）和最初的馆址蒙塔古大厦，都不应该被历史遗忘。果然，手册的第一页，便赫然排列着这两大功臣的画像，以供发思古之幽情者凭吊。

**附记：**

1867—1870年间旅行欧洲的王韬，在其图文并茂的《漫游随录》中，有"博物大院"的描写。因知识背景的限制，介绍部分，王君只能"逸笔草草"，但议论却相当精彩：

此院各国皆有。英之为此，非徒令人炫奇好异、悦目怡情也。盖人限于方域，阻于时代，足迹不能遍历五洲，见闻不能追及千古；虽读书知有是物，究未得一睹形象，故有遇之于目而仍不知为何名者。今博采旁搜，综括万汇，悉备一庐，于礼拜一、三、五日启门，纵令士庶往观，所以佐读书

光绪十五年（1889）上海
点石斋石印本《漫游随
录》插图之《博物大院》

之不逮而广其识也，用意不亦深哉！（《漫游随录·扶桑游记》
106页，长沙：湖南人民出版社，1982）

　　中国首任驻英法公使（1876—1878）郭嵩焘，在其日
记中，也曾提及此博物馆："其地礼拜二、礼拜四两日禁止
游人，余日纵民人入观，以资其考览。"（《伦敦与巴黎日记》
140页，长沙：岳麓书社，1984）

　　由一百多年前的每周开馆三天，改为现在的每日开放，
这一点也不令人惊讶；让人感慨不已的是，在市场经济深入

人心的当代社会，居然还有这种谋其功而不计其利的举动。其实，不止是大英博物馆，国家画廊、国家肖像画廊、泰特美术馆、泰特现代美术馆、维多利亚及亚伯特博物馆等，也都是免费参观。问过英国朋友，说是此举在英国国内也颇有争议，因花的是国民的税金，得益的却主要是外国游客。可如果改为一律收费，最受损害的，当属本国经济收入及文化水平较低的阶层。图索德夫人蜡像馆门票 11 镑，白金汉宫门票 11 镑，伦敦塔门票 11.3 镑，以普通英国人的收入衡量，这可都不算便宜。这些名胜，不管是本国民众还是外国游客，都是不可不看，也不必多看；至于大英博物馆等"知识的海洋"，可就不一样了，最好是有时间、有兴致徜徉其间。可我相信，即便对博物馆情有独钟者，如果不是免费，也很难时常光顾。据说英国人争论的结果是：为了国民教育，花这钱，值得。作为受益者之一，我只能重复王韬的感慨：此举"用意不亦深哉"！

这回的伦敦之行，因客居位于市中心的小酒馆楼上，生活及游览十分方便。不必来去匆匆，可以悠闲地坐下来，观察过往行人，充分体会欧洲城市日常生活的乐趣。住所在布卢姆斯伯里区，转过街角就是罗素广场，此广场与到过北大的哲学家罗素无关，倒是诗人艾略特曾住居附近，常在此散

大英博物馆最初的馆址蒙塔古大厦

步与写作。广场中多有百年大树，一次遇雨，就这么一路跑回家，居然没被淋湿。

　　街口小酒馆的广告语为：此处至大英博物馆仅三分钟。小酒馆晚上11点歇业，不会影响我们休息。只是有一天，半夜里被一阵砸玻璃的声音惊醒，似乎有人在撒酒疯。第二天起来，没事，照常营业。出租此屋给我们的，乃伦敦大学的一位教授。自家搬到郊区住大房子，留下这市中心的三层小楼出租，收益想来不错。出门在外，住宿方面本该将就。这回有单独的卧室、客厅、书房、厨房等，已足够奢侈；而最大的好处还在于，大部分名胜古迹，都可徒步前往参观，累了，再乘地铁回家。至于离大英博物馆近在咫尺，更是勾起我信笔涂鸦的兴致。

## 文化史的视角

　　一部二十四史，尚且不知从何说起，更何况五大洲四大洋？还是由近及远，从最为熟悉的中国馆看起。

　　这才是"聪明反被聪明误"。不愿随大流，按图索骥，竟走到中国馆的"后门"来了。那是一道不算宽敞的走廊，正陈列着关于西藏历史及风情的图片，虽也精彩，但与原先期待的"自从盘古开天地，三皇五帝到于今"，还是大相径庭。

　　终于进入中国馆的大厅，可未见展品，先闻乡音。男高音："这算什么宝贝？比咱们故宫差多了！"接着是男中音："别说故宫，连省博都比不上。"女中音更有把握："单是上回从香港买回的那几件圆明园的东西，就比这强！"如此斩钉截铁的评判，着实让我大吃一惊。不说起码的文明礼貌，单是面对如此深邃的知识的海洋，总该有点敬畏之心吧，为什么总想着争强斗胜？博物馆里，偶尔也有人窃窃私语，但像"咱老乡"那样高谈阔论者，已近乎在中国也会被立牌禁止的"大声喧哗"了。好在这里的管理人员很少，未见有人出面干涉。于是，"高论"忽东忽西，渐行渐远，好一阵子才完全消失。

安静的展览大厅，一点不显得拥挤，原因是观众各自为战，互相趋避。相对于人见人爱的美术馆，综合性或专题性的博物馆，无论在东方还是西方，似乎都比较冷清——即便是大名鼎鼎的大英博物馆也不例外。要说原因，大概是美术馆诉诸观众的审美直觉，外行也可看热闹。别看参观者对画家、雕塑家的精美技艺赞不绝口，其实心里还另有一杆秤，那便是专家关于"国宝"的鉴定，以及拍卖行里艺术品的价格。至于徜徉博物馆，则需要较多的知识储备，能够从一只木箱、几段残碑或者满地瓷片，体味所展物品中蕴涵着的民族志或文化史，这样的"内行看门道"，毕竟不太多。

因从背面入手，错过了以往阅读、思考时必不可少的历史线索。可这也有好处，跳出"秦汉"过后必定是"唐宋"的惯性思维，直面每一件孤立的展品。满墙斑驳的壁画，前面陈列着几尊造像，除了大肚能容的弥勒佛无人不知，其余的，比如潜心修行的和尚、飘然欲仙的道士，还有着儒者衣冠的读书人，很可能属于文化类型的介绍。看这场面，当即明白了刚才那几位的高论。见识过西安兵马俑的气势、洛阳石窟的辉煌、敦煌雕塑的瑰丽，再打量眼前这孤零零的几尊明清造像，自然是"不值一提"。可他们忘了，

与明代铁铸罗汉合影，欣赏其脸上的表情：平静中蕴涵着力量

这里是伦敦，不是敦煌；绝大部分观众熟悉的是希腊画瓶，而不是三彩造像。将和尚、道士和儒生并排陈列，而不追究其生产年代及工艺差别，主要目的是介绍以儒释道为主干的中国文化。从文化史而不是艺术史的角度铺排，这正是博物馆与美术馆的最大差别。大英博物馆里，也不是没有国人耳熟能详的"宝贝"，比如顾恺之的《女史箴图》便入藏此间；但常设展的主要功能在于传播知识，确实不必要"劳动大驾"。

相对于正面陈列的那尊一脸愁相，随时准备救苦救难的僧人造像，我更喜欢屈居一隅的年轻罗汉——记得那是铁铸的，很结

镇墓木佣，其夸张的
长舌头很能体现楚人
丰富的想象力

实，完成于明代，说远不远，说近也不近。更重要的是，我欣赏
其脸上的表情：平静中蕴涵着力量。请妻子拍张合影，以便将来
修行时，有个追摹的目标。

确实是生死事大，博物馆里的物品，大都阐释的是死亡以及
死后的世界。上古祭祀的礼器不必说，阎王造像在中国的普及也
在意料之中，最让我感兴趣的，是陈列在大厅中间的镇墓木佣。
据说此类木佣多出土于河南南部及湖北北部的楚墓，是公元前4—
前3世纪的物品，很能体现楚人丰富的艺术想象力。怪脸并不可
怕，鹿角也不算太稀奇，在我看来，全部表现力凝聚在那条十分

夸张的长舌头。仔细观察,阴森的气味不多,似乎还带着一点幽默,让你不禁浮想联翩:当初工匠制作此木俑时,除了技艺与程式的考虑,还融进了嬉戏的心情。

另外一件体现中国人游戏幽冥的作品,则是"冥通银行"发行的面额 5000 美金的钞票。以 20 世纪 80 年代生产的纸钱作为展品,这更是展览的制作者蔑视"集宝"而强调"博物"的最佳例证——在晚清文人的海外游记中,常有参观"宝物馆""集宝楼""积宝院"的记录,后来见识日广,方才逐渐将 museum 统一译成"博物馆"。可时至今日,国人还是习惯于以是否"宝贝"来衡量并阐释博物馆里的展品。

玻璃柜里的玉器与瓷器,总有人在细心观赏,还不时啧啧称奇。不好意思打扰,于是转至墙边,欣赏那里陈列的墓志铭。说明文字在讲述过中国人使用墓志的习惯后,着重介绍的是几种不同的材质——石刻的、陶瓷烧制的,以及石灰涂抹然后毛笔书写者。此前也曾认真拜读过叶昌炽的《语石》(《语石·语石异同评》,北京:中华书局,1994)、马衡的《中国金石学概要》(《凡将斋金石丛稿》,北京:中华书局,1996)等,还关注过作为一种文章体式的墓志铭,却从未考虑过书写的物质形态。这又是博物馆展示不同于文学史书写的地方——更多地关注"看得见,摸得着"的物质载体,而不是充溢其间的文化精神。

正摘抄有关说明文字,有人凑近,用英文询问,能否读懂墓志铭。我不假思索地点头。接下来的追问，真让人出了一身冷汗：
"请你告诉我这三幅文字之间的差别。"迎着少年热切好奇的目光，
只能以英语不好为由推托。可我心里明白，即便不考虑语言表达
能力，猛然间，让我简明扼要地——而不是眉毛胡子一把抓，或
者挂一漏百——讲清楚墓志铭的形制、特征以及流变，还真做不
到。而这，应该说仍属于中国文化史方面的基本常识。

记得章太炎有篇演讲，就叫《常识与教育》（《章太炎的白话
文》，贵阳：贵州教育出版社，2001），说的是常识得之不易，以
及常识之随时代流转。我想，还可以从表达方面立论——让读者
或观众迅速明白某一方面（比如关于中国的历史与文化）的常识，
其实很不容易。这也是我辈职业"读书人"也必须经常访问博物
馆的缘故。在我看来，单就传播"常识"而言，博物馆的功用，
很可能远在书本与课堂之上。

回到家中，翻阅两种从伦敦大学亚非学院图书馆借来的老书，
颇有收获。奉命出使英、法、意、比四国的薛福成，光绪十六年
（1890）正月启程，五月二十八日的日记中有曰：

> 余自香港以至伦敦，所观博物院不下二十余处，常有《诗
> 经》所咏、《尔雅》所释、《山经》所志鸟兽草木之名，为近
> 在中国所未见，及至外洋始见之者，颇足以资考证。（《出使
> 英法义比四国日记》164—165页，长沙：岳麓书社，1985）

光绪壬辰石印本《出使英法义
比四国日记》

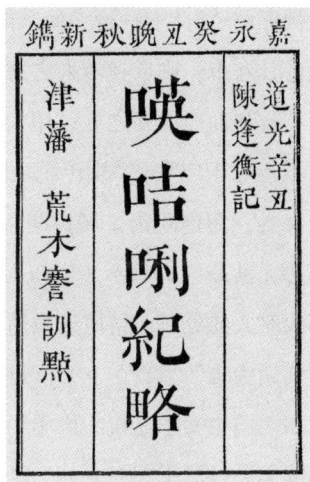

1853 年日本刊本

总共不过半年时间（该年闰二月），竟已如此大发感慨。晚清出洋
考察者，极少记载商场经营状况，却大都关注博物馆。当年的外
交官，本身就是文士，容易对"古物"感兴趣；更何况认定此等
传播知识、教育民众的重要手段，正为中国所紧缺。而且，此类
善举，无关政体，只要不掏自己的腰包，政治上的各家各派，一
般都不会反对。

　　而道光二十一年（1841）辛丑重阳日陈逢衡记、日人荒木謩
训点并藏板，嘉永六年（1853）新镌的《嘆咭唎纪略》，则让我
们知道此前半个世纪中国人对于西洋的想象。藤森大雅为日刊本

所撰序称："此书一行，使其能审虏情，先几豫患，拒绝其朝贡，无许其互市，则庶免清人之悔哉！"所谓"无许其互市"，是有感于英吉利商船所到之处，用大炮强迫通商。林则徐虎门禁烟，英人不得志于广东，"故转而之浙，突于二十年六月初七日，驶至定海县，用炮攻击，城遂陷"。受此刺激，陈君奋笔疾书。此书卑之无甚高论，只不过当初为"了解夷情"而尽量实录，保留了不少时人的见解。结尾处虽谴责英吉利之"不度德，不量力，欲与天朝为难"（12页下），可还是对此陌生国度表现出某种兴趣。比如"国中女子之权，胜于男子。富贵贫贱皆有妻无妾，妻死乃得续娶。虽国王亦只一妃"（5页上），便足以让当年很可能三妻四妾的中国读书人大为感慨。若干年后，风流倜傥的王韬亲履此境，也感叹"国中风俗，女贵于男"。举的例子，一是女子同样"幼而习诵"，再就是"婚嫁皆自择配，夫妇偕老，无妾媵"（《漫游随录·扶桑游记》111页，长沙：湖南人民出版社，1982）。至于陈君以下这段话，虽也颇多错漏，但毕竟介绍了牛津、剑桥、伦敦这三所大学以及大英博物馆，并将其作为"其国亦知重文教"的标志：

> 其国有书画，有图籍，有医理风鉴。又有善作诗文者四人，曰沙士比阿，曰米尔顿，曰士边萨，曰待来顿。又有恶士活大书馆一所，内贮古书十二万五千卷。有恶士活者，

其大部落也。又有感蜜力活书馆一所，（伦）顿大书馆一所，特物馆一所，俱系国王建设，则其国亦知重文教矣。特所尚者，以技艺工巧为专长。（7页上下）

如此居高临下的表扬，现在看来有点好笑。可你要是知道，若干年后出使英国的钦差大臣郭嵩焘，就因为在《使西纪程》中称英国法度严，技术发达，并非茹毛饮血的夷狄，而被士大夫群起攻之，因此断送政治前途，你就不会觉得这种睡眼惺忪中的"看世界"有什么好嘲笑的。

## 附记：

要讲收藏，中国人同样源远流长。问题在于，收藏者是否愿意"公开展示"自家所拥有的宝贝。最让晚清中国人大开眼界的，其实不是洋人的收藏能力，而是其允许公众参观。就好像同样藏书，"藏书楼"与"图书馆"不可同日而语。1893年的《点石斋画报》上，有一幅《公家书房》，介绍过英国的图书馆如何面向大众，有益于向学之士，接下来就是这么一段议论："中国各书院中，间亦有广备群书以供士子披览者，惟公家书房恐万不能有矣。诵杜少陵'安得广厦

《公家书房》(《点石斋画报》壬十二，1893 年）

千万间，大庇天下寒士俱欢颜'之句，呜呼，难矣！"百年中国，风云变幻。值得欣慰的是，图书馆与博物馆终于在中国深深扎根，进入普通百姓的日常生活。

据 2001 年 9 月 9 日《新民晚报》报道，北京现有博物馆 118 座，准备在 2008 年奥运会召开前，再建包括国家博物馆、国家美术馆以及各种专题博物馆在内的 30 座大型博物馆。这自然是鼓舞人心的好消息。我想追问的是：博物馆的主要功能，到底是研究并传播知识，还是保存并展示珍宝？如何协调博物馆作为公益事业与商品经济之间的矛盾？还有，如何让实物展览与课堂教学互相补充，使博物馆真正成为学校教育的有机组成部分？所谓达到"世界知名博物馆的水平"，绝非仅限于建筑外观，更重要的是对于国内外观众的巨大吸引力。而这，既取决于藏品质量与编排水平，也受制于观众的修养及趣味。在我看来，培养中国观众欣赏各式高水平博物馆的"雅趣"，此任务一点也不比建30座大型博物馆轻松。

谢清高"遍历海中诸国"，其《海录》因得到林则徐、魏源、徐继畬等人的关注而声名远扬（参见钟叔河《走向世界——近代中国知识分子考察西方的历史》44—49页，北京：中华书局，1985）；陈逢衡的《嘆咭唎纪略》，虽多为道听途说，却也保留了不少时人的见解，不该任其湮没无闻。陈氏擅长诂经，这点广为人知；至于因激于事变，由经传一转而为夷务，则未见记载。虽系孤证，我还是认定，此"陈逢衡"即彼"陈逢衡"——单就学术思路而言，由《山海经》《博物志》而《嘆咭唎纪略》，并非没有线索可寻。

陈逢衡（约1778—1855），江苏扬州人，字履长、穆堂。父本礼，以布衣淹贯群籍，声名溢大江南北。好藏书，为瓠室，积十万余卷，与马氏玲珑山馆齐名。逢衡自幼浸淫其中，故耻为帖括，无意功名，而多有著述。金长福撰《陈徵君传》（《碑传集补》卷四十八），有云："中年移居城内郑氏园亭，易名思园，开读骚楼，招致东南文学之士，饮酒赋诗，户外之屦恒满。成《读骚楼诗》初、二、三集，凡千余首。平居著书，戛戛独造，力避恒蹊，能为今人所不能为及古人已为而未竟其为者，苦心研思，迟之数年或数十年而后卒业。已刊行者，如《竹书纪年集证》《逸周书补注》《穆天子传注》《山海经纂说》数十百卷；未刊者《博物志考证》为晚年订本，辩论尤精核。凡奇情异事，而核以庸言至理，旁推交通，无不毕贯，嗜古之儒多韪之。"

# 木乃伊与大穹顶

2001 年 7 月 31 日，星期二，晴

今天的安排有点失误，原以为博物馆一直开到晚上 8 点，故慢慢转悠。但只观览了埃及馆，便被请出。仔细看告示，方知每天闭馆时间不同，都怨自己太大意。好在一楼专门介绍建筑师诺曼·福斯特（Norman Foster）爵士的题为"探索城市"的展览依旧开放。从公元前几千年尼罗河畔埋葬某位法老的金字塔，一转而为现代人生活娱乐于其间的高楼大厦，如此错乱的时空剪辑，也算别具一格。弄不好，还有点好莱坞大片的韵味，就差浪漫爱情与夺宝奇遇了。

游客不多，满大厅五彩缤纷的木乃伊及棺木，或平躺，或站立，也有的三五成群，似乎正聚首议论着什么。以前也曾在博物馆及画册里阅读过埃及的木乃伊，却从未见识过如此集中展示的场景。面对单个展品，你会认真阅读说明文字，欣赏彩绘棺木上所画各种人、神形象，猜测其中所蕴涵的神秘故事。可一旦倒转

过来，不是熙熙攘攘的人群在阅读一具作为文物的彩绘棺木，而是孤零零的个人被光怪陆离的众多棺木所包围，你很容易超越时空，进入想象的世界。难怪好莱坞导演对此特感兴趣。1999年的卖座大片《木乃伊》没见过，刚面世的续集《木乃伊归来》倒是有幸目睹。撒哈拉大沙漠的沙子顷刻之间变成魔蝎军团，直扑银幕下的观众，以及尼罗河水在妖法的作用下直立起来，险些将探险家夫妇吞没，种种精彩特技，看得人目瞪口呆。

可我最感兴趣的，却是影片的开头部分，那场发生在大英博物馆的恶战。将博物馆设想为战场，各方为争夺有神奇魔力的古手镯而大打出手，文化/学术一转也就成了军事/政治。优雅的西方英雄最终必定消灭邪恶的东方祭司，这一大快人心的结局，其实隐含着某种民族歧视与文化霸权。批评影片只顾谴责埃及人前来抢夺木乃伊，而不追究木乃伊何以万里迢迢，来到大英博物馆，似乎是在套用萨义德的理论，过于学究化了些。但博物馆以及博物学知识并非一尘不染，同样包含价值与立场，不能保证摒除偏见——尤其是在对于"遥远而神秘的东方"的想象上。略为敏感点的中国人，在国外参观美术馆或博物馆时，常有混合着自豪与屈辱的复杂感受，很容易被激怒。将心比心，埃及人看此类影片，或者在大英博物馆里欣赏木乃伊及彩绘棺木，估计也不会只是"光荣与梦想"。

木乃伊见得多了，"死者之书"（Book of the Dead）倒是第一次认真观赏。作为坟墓里的陪葬品，这种纸莎草纸书卷，据说是

"死者之书"

帮助死者死后生活的咒语书。按照古埃及人的信仰，人死后，其灵魂必须面对阴间的法庭，冥神（Osiris）将对死者的心脏进行衡量，评估其正直程度。如检验合格，灵魂方才可能在神的国度里安静地生活。因此，衡量道义与公正的天平在"死者之书"中占据很重要的位置，许多画面以此为中心展开叙述。此种阴间想象，与中国人的趣味相通。可惜手头这册《大英博物馆》里所收的"死者之书"，不是我看中的那一幅。于是拿起相机，左端右详，拍了好几张这架代表着人类永恒的梦想、现世无法实现的道义与公正的天平。画面刚好被两块玻璃分割，如何将接缝与画面上的立柱重合，最大限度地减少破坏，煞费了一番苦心。步出展厅时，发现了埃及馆的说明书，里面恰好有我相中的这幅"审判

大展苑气势非凡的穹顶

图"。在惊喜于"英雄所见略同"的同时，也为我的效果未必良好的白忙活而惋惜。

不知是像我这样将错就错，还是确实对与今人日常生活密切相关的现代建筑更感兴趣，一楼"探索城市"专题展厅里人头攒动，好一派热闹景象。不必要专业修养，每一个进入大英博物馆的观众，大概都会首先注意到新建大展苑的非凡气势，因而也就记住了设计师福斯特爵士的名字。

目前的大展苑，据称是 2000 年 12 月才正式建成开放的。此前，位于庭院中间的圆形阅览室四周挤满各种附属建筑，既有碍观瞻，又不利于人流的疏散。福斯特爵士大刀阔斧地减去各种附属物，而凸显经过整修、改变功能的圆形阅读室的无限风韵，再采用以玻璃和钢材制成的网状穹顶，与四周的正式展厅连成一体。游客进入如今疏朗明亮的庭院，既可欣赏头顶经由玻璃折射而变得更加妩媚的蓝天白云，也可驻足阅读在我看来颇为复杂的展厅图示，更可以坐下来略微休憩或选购纪念品。此类"户内都市广场"，给予游客的不仅仅是活动的空间，本身便成为审美观赏的对象。玻璃屋顶与石砖廊柱之间，几乎浑然一体，所谓现代与古典之间的巨大鸿沟，被设计师巧妙地采用优哉游哉的蓝天白云化解掉，以致必须刻意追寻，方才可能由材料及空间想象的歧异，意识到此乃经过改建的古老建筑。如此尽量保持原建筑群的整体美感，与贝聿铭之在卢浮宫入口处安置一玻璃金字塔，形成古典与现代的尖锐对峙，设计思路明显不同。尽管后者现在名满天下，我还是觉得不伦不类，感觉上就像穿西装戴瓜皮帽，只能说是"别具一格"。以我浅见，不能诉诸审美直觉，而必须经由一番理论阐释才能被理解与接纳的设计，并非最佳方案。当然，这与我对博物馆建设之过多强调"当代意识"，放弃"博大渊深"而追赶理论时髦这一世界性潮流不大以为然有关。

所谓"探索城市"，本该兼及住宅区、工业区、商业中心以及市政管理中心，可实际上，几乎所有的建筑师，都更痴迷于带有纪念性的公共建筑。记得意大利学者 L. 贝纳沃罗（Leonardo

Benevolo）在《世界城市史》（*Die Geschichte der Stadt*，北京：科学出版社，2000）的最后一章中，集中讨论了当今世界该如何设计适合于人类生活的住宅区。一方面，让人诗意地栖息在这块大地上，此乃城市规划及建筑设计的根本目的；另一方面，随着城市规模的大致确定，修建纪念性或标志性大型建筑的机会越来越难得。在这方面，诺曼·福斯特爵士确实是幸运儿。展览说明书里提及其最近完成的设计，包括香港新机场，柏林的国会大厦，以及正在施工的大伦敦市政府的办公大楼。

香港新机场早已亲历，柏林的国会大厦则只能阅读模型；倒是那正在施工的造型奇异的办公大楼，因机缘凑巧，事先拜访了。那天下午，参观过幽雅但略嫌阴森的伦敦塔，走过比伦敦塔更容易为外国游客所铭记的伦敦塔桥，来到泰晤士河对岸。原想寻找大卫·温尼的《女儿与海豚》雕像，阴错阳差，竟见识了此办公大楼工地。抬头仰望奇形怪状的大楼轮廓，感觉上既像竖着的大拇指，又像倒扣的贝壳，到底什么寓意，不清楚。只是感慨伦敦人胆子真大，让如此庞大而古怪的建筑，与古老的皇宫隔河相望。看过展览说明，方才知道，此乃日后大伦敦市的行政管理中心。依照工程设计（1998—2002），伦敦人很快就可以高高在上地俯瞰河对岸的白塔、藏宝库、女王之家以及叛徒之门。同是政治中心，如此古今对话，是延续传统，还是嘲笑历史，抑或只是激活想象以发展旅游观光？下回访英，一定不可错过这即将崛

狄更斯纪念馆及门票

起的泰晤士河边的新景观——至于建筑学上的成败得失，则非我辈门外汉所能论列。

不过，以"旧与新"作为此次展览的四大主题之一，还是让我大长见识。城市里的历史性建筑，乃某一时段人类文化与精神的载体，必须格外珍惜；可在一个与原先设计完全不同的新环境里，这些历史性建筑往往不堪重负，与周边环境的协调更是一大难题。所谓"旧与新"的对话，包括城市规划中老城与新城的呼应、同一街区中新老建筑的协调，以及同一建筑中新老部件的配搭等。所有这些，都是为了营造一个有历史氛围与精神视野，而又适合于现代人生存的空间。对于正热心"旧城改造"的中国人来说，关注新与旧的对话，应该更是题中应有之义。

上午参观狄更斯纪念馆时，已经感觉到这种新旧城市之间的张力。曾任伦敦大学东方学院华语教师的老舍，其走上小说创作道路，得益于狄更斯（Charles Dickens, 1812—1870）《匹克威克外传》等作品的启示。因此，刚到伦敦，我便在地图上搜索狄更斯故居。没想到得来全不费工夫，纪念馆离我寄居的小酒馆不远，步行只需十分钟。

这是一幢再普通不过的四层砖楼，门口那块很不显眼的小铜牌，提醒你此乃纪念馆。按铃，门慢慢开启，有人在过道的尽头售票。如此小小纪念馆，门票四英镑，实在不便宜。想象北京的鲁迅博物馆也将门票定为60元人民币，肯定门可罗雀。要说展馆面积、文物数量以及制作之用心等，"鲁博"明显在"狄馆"之上。至于鲁迅在中国文学史上的地位，比起狄更斯之于英国文学，也是有过之而无不及。可这里有个好处，纪念馆夹在仍在使用的居民楼中，是作家的"故居"，而非后世的"仿作"。

看过地下室的酒窖和洗衣房，来到原先的厨房。这里现改为书库，收藏了众多狄更斯著作的版本，包括日译本等，可就没有汉译本，未免有点可惜。以我很不专业的眼光，从林纾的《块肉余生述》说起，不难开列大串狄更斯小说中译本。不知驻英使馆的文化官员或相关领域的专家学者做何感想，窃以为有必要"填补"这个"空白"。

书库里那些椅子、桌子等，并非全系狄更斯家旧物，其"身世"

自有文字说明。那挂在墙上的牢门，据说得自狄更斯父亲因欠债而被关押处；至于朋友家的绿天鹅绒沙发，因常在狄更斯小说中作为道具出现，因此也有资格进入纪念馆。众多展品，有真有假，娓娓道来，既尊重历史，也讲述趣事。

三楼的狄更斯卧室，正举行"特别展"，这可真让我大开眼界——名人故居竟可以这么布置！卧室里摆放着当年使用的镜子，还有若干供观众乔装打扮的假发，展览的主题为"伟大的维多利亚胡须与发型的历史"。据说狄更斯很在意自己的形象，擅长在生命的不同阶段，借变化发型来更新自我形象。展示过目前能找到的不同时期的狄更斯形象（包括照片与画像），接下来开始自由发挥：用大量的图像资料，包括古埃及的彩绘、亚述人的浮雕、古印度人的绘画、罗马人的塑像，以及中国人的陶瓷造像、康熙皇帝的画像等，叙述古往今来不同民族的时尚发型（尤其是胡须）。展品本身没什么稀奇，大都是从大英博物馆复制来的；可拼合在一起，产生了某种奇妙的效果。展览最后提出一个很难三言两语就打发的问题：为什么世界上绝大多数信徒认同某一类型的耶稣形象？假如修改耶稣的发型（包括胡须），你能接受吗？

出口处有一小书摊，专售有关狄更斯的书籍。其中有两种引起我的好奇，一是 *Charles Dickens's London*，一是 *A Literary Guide to London*。前者乃简略的小册子，只是图片相当精彩；后者算是"准学术著作"，分别介绍莎士比亚、狄更斯、伍尔夫、奥

埃及国古陵古庙图（《教会新报》第二卷68期，1870年）

威尔等与伦敦的关系。将旅游与文学挂钩，其实也是一种推广文学的办法，虽然有点俗气，却很有效。希望有一天，我们也会拿着《老舍与北京》《沈从文与湘西》等读物，在京城的大街小巷或凤凰的山水之间，兴致勃勃地游荡。

附记：

《教会新报》第二卷68期（1870年1月1日）上，刊有《埃及国古陵古庙图》，同时强调中国亦多"古陵古庙"，比

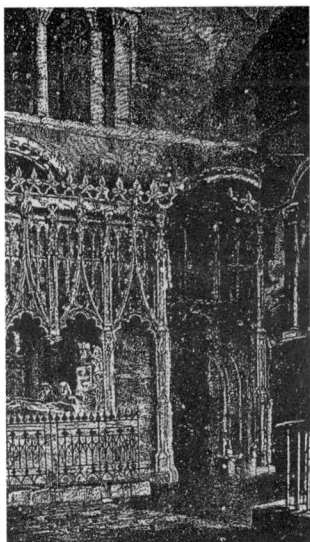

英、中、意、埃
四国棺墓比较
(《花图新报》第三
卷，1880年)

如浙江会稽之禹陵、河南汲县之比干墓、江南常州之吴季札墓、山东曲阜之孔墓、浙江杭州之岳坟等。《教会新报》第二卷84期（1870年4月30日）刊出《埃及国古棺图》，介绍木乃伊的制作方法，特别强调其历经千年，"尸有未毁，面犹可辨"；而此等奇迹，又是"本馆主人美国林乐知所曾目见者也"。1880年7月出版的《花图新报》第三卷，将英国喇哩王子墓、意大利庞贝人石膏模型、埃及古棺以及中国的闽省坟墓并置，更是自觉地从事文化比较。

《中国大百科全书·考古学》（北京：中国大百科全书出版社，1986）239页称："在第5王朝末代王乌纳斯的金字塔中第一次出现了祝福国王的咒文，即金字塔文，也有人称'死者之书'。这种铭文以后各代也都有出现，目前发现总数已达700款以上。"此书所配之图，与我选中的并非同一幅，但最为抢眼的，仍然是那架摄人心魄的"天平"。

2001年12月24日的《新民晚报》上，以《蜗壳型建筑》为题，刊登新华社记者所拍即将完工的大伦敦市政府的办公大楼；第二天的台北《中国时报》上，采用同一照片，但配有较为专业的说明文字，并另外拟题《拇指屋　奇特曲面建筑》。

# 阅览室的故事

2001 年 8 月 1 日，星期三，晴

　　上午出门，继续看埃及馆。在大门口拍照时，相机时走时停，开始以为接触不良，后来发现是电池耗尽。博物馆外小街口，有家旧书店，前天在此买过书，记得兼售文具，应该有这种日本产的娇气的锂电池。一问，果然如此，但价格不菲，每节 5.99 英镑，两节电池，折合成人民币约 160 元。

　　这么一折腾，兴致大减，埃及及古代近东若干展厅也就匆匆走过，没再仔细阅读。下楼来，转而参观名扬天下的圆形阅览室。这座 1857 年便已建成并对外开放的圆形阅览室，在今天 30 岁以上的中国读书人中，享有极高的知名度。环状结构的四壁砌满书架，玻璃制作的巨大穹顶透着柔和而神秘的天光，在这种地方读书，确实是赏心乐事。记得晚清时，便有中文报刊对这座豪华的圆形阅览室作过专门报道。当然，中国人之熟知此阅览室，主要还不是其建筑风格的华丽，而是因马克思曾长期在此阅读、写作。

位于庭院中间的圆形阅览室

　　走进已经实现功能转移，成为纯粹的参观景区的圆形阅览室，四周墙壁上，依旧插满各式工具书，但真正的读者很少。除了工作人员，来往的基本上都是游客。偶有窃窃私语，但更引人注目的，还是四处爆发的闪光灯。几乎每个游览者，都会瞄几眼活动看板上"阅览室的故事"：1973年，一项新的法令，使得大英图书馆从大英博物馆里分离出来。1997年7月，大英图书馆新馆建成；1997年10月25日，圆形阅览室完成历史使命，正式关闭。1998年，主要藏书从此地运往圣·潘克拉斯（St. Pancras）站旁边的新址。

　　空旷的阅览室里，三分之一的地方辟为游览区，任由游人走动、拍照。在依旧摆放着书桌和椅子的阅览区外围，陈列着十四块活动看板，游客尽可悠闲地坐下来，仔细品味这座声名远扬的知识宝库。前几块看板介绍早期阅览室的形状、建造的过程及工艺、建筑师的家庭生活等，对我来说意义不大。我感兴趣的是第十、第十一两块看板。前者题为"阅览室与革命"（The Reading Room and Revolution），后者则是"小说中的阅览室"（The Reading Room in Fiction）。不止无产阶级的革命导师马克思经常在此读书，继承他事业的俄国革命家列宁、托洛茨基等也都曾在此苦读。侦探小说家柯南道尔曾驱使其笔下人物福尔摩斯到此查阅资料，而后世小说家驰骋想象，讲述福尔摩斯如何与马克思在此会面。我的英国文学知识少得可怜，不晓得是哪位小说家制造了这种超级玩笑，拿咱们的革命导师开涮。接下来的，是一段摘自小说家福斯特（Forster，1879—1970）《最漫长的旅途》（*Longest Journey*，1907）中的文字，此乃关于圆形阅览室的正面描写，难怪其格外受青睐。

从管理员手中接过一小牌，走进阅览区，随便找一个位子，坐下来，敲打敲打座位上新安装的电脑，再翻翻书架上的工具书，目的无非是体验前贤在此读书时的感觉。阅览区人很少，只有三两位真在读书，其余的都像我一样，不过是在做"读书科"。一番体验之后，站起身来，开始寻觅"马克思的脚印"。

大英博物馆的圆形阅览室里是否存在那广泛流传的马克思的

在"阅览室与革命"看板前

脚印，我和妻子意见不一，一路上争论不休。妻子出于旅游的兴趣，宁信其有；我则表示怀疑——图书馆是读书的地方，需要安静（即便现在人去楼空，阅览室里，依然摆放着"安静"的提示牌），不像少林寺中练武的僧人，即便跺脚驱寒，也会因影响邻座而遭到抗议。再说，公共图书馆不同于个人书房，你可以经常在一个地方工作，但不能占位；倘若别人捷足先登，你总不好意思驱赶。还有一点，马克思固然伟大，但作为公共图书馆，其功能、责任及影响力，肯定超越个体的生命。就算是马克思的固定位子，此前有人坐，此后也有人坐，你怎么能肯定这就是他老人家踩出来的脚印？

轮到实地勘查，两人相视而笑——图书馆历经整修，面目一新，加上铺了地毯，"安能辨我是雄雌"？好在并非全无答案，那第十号看板间接回答了我们的疑问。上面说，当年马克思常在L、M、N、O、P行就座，因那里靠近参考书架。也就是说，马克思并非像中国人传说的那样，只在一个固定的位子读书写作。

回到客舍，取出台湾天下杂志社1993年发行的《伦敦》，发现其中也有此传说：

> 苦难生活中，马克思唯一的避难所是大英博物馆的图书馆，从早上九点到夜晚七点，坐在七号卡座，写出三大册的《资本论》。（46页）

这肯定是抄大陆的说法，手头这册1982年上海辞书出版社出版的《英国》便称：

> 由于他在这里成年累月地攻读，竟然在坚硬的水泥地面上磨出了两个脚印。（14页）

可我记得，中学课本里早就有这种说法，到底始作俑者是谁，还有待进一步考察。有意思的是，这一传说，已经剥离其意识形态内涵，变成重要的旅游资源。想象海峡两岸的爱书人，拿着各自的旅游指南，到大英博物馆的圆形阅览室里，寻找那并不存在的"马克思的足迹"，也是一件趣事。

卡尔·马克思在伦敦的遗迹，比圆形阅览室里的"脚印"更实在也更有名的，当属其葬于其中的伦敦海格特公墓（Highgate Cemetery）。1956年，英国工人集资重建马克思墓，四米高的大理石碑，碑顶是铜铸的马克思像，墓碑中央写着：卡尔·马克思，生于1818年5月5日，卒于1883年3月14日。墓碑下方镌刻着中国人十分熟悉的名言：

> 哲学家们只是用不同的方式解释世界，而问题在于改变世界。

我手头所有的英文、日文及中文旅游指南，全都提及这一点，可见其名气之大。不过，比起作为归宿的墓地来，我更希望能寻访到其生活与创作的旧居。伦敦中心区的建筑，不时可见蓝色圆牌，告诉游人，某某名人曾于何年居住于此，想来马克思的旧居应不难寻访。

没想到，手头几种中文旅游书，此时全都派不上用场。迈克·李普曼（Michael Leapman）主编的《伦敦》（*Eyewitness Travel Guides: London*，London: Dorling Kindersley Limited, 2000），

日文本、英文本的《伦敦》

倒是有三处提及马克思，其中还包括马克思经常拜访的恩格斯之
旧居，可就是没有说明旅居伦敦的马克思到底安身何处。还是日
本人心细，石川敏男的《伦敦》(《ロンドン》，东京：昭文社，
1990)106页，作为补白，介绍了四位名人旧居，其中提及马克
思曾居住于迪恩（Dean）街28号的顶楼。

　　午饭后，约上同样喜欢寻幽访古的友人Y君和A君，一起寻
访马克思。顺着大英博物馆，转牛津街，第二个十字路口，左转，
便是迪恩街。数着门牌，16、18、20、22，眼看胜利在望。可22
号后，并没有出现预想中的28号，而是一跳便成了30号。中间

现为某公司办公室的马克思故居

是占了好几个开间的商铺，却没有门牌。来回转悠了几遍，发现商用楼背后有一小院。走进去，向几个正在劳作的青年请教，全都友好地表示"爱莫能助"。再到街对面寻找，远处有一镶在墙上的铜牌，跑过去一看，不对，那是我们不关心的另一名人旧居。很不服气，再倒回来，继续寻找，只是心里开始打鼓，怀疑起日本人的"情报"是否准确。又是那可恶的30号，28号哪里去了呢？该不会是被30号或22号吞并了吧？正抱怨着，猛抬头，哑然失笑。一直在寻找门牌号码和名人旧居的标志，没想到30号隔壁这家不见门牌的商铺，竟将马克思的名字作为商标，镶在一二楼之间的墙体上。虽然没有任何说明文字，我们还是一致判定：就是它。推开旋转门，走进去，询问柜台前的先生，得到的答复是：这确实是马克思的故居，在楼上；可现在是办公室，谢绝参观。

在极为讲求"照章办事"的国度，不敢"私闯民宅"，只得退回来，站到小街对面，隔着停在街上的货车，拍照留念。这是一幢极为普通的四层小楼，下黑上白，除了一二层间的MARX，还有二三层间的ROSSINI，大概意大利歌剧作曲家罗西尼（1792—1868）也在此居住过。如果不是日本人指引，即便路过，单看这两个名字，我也不会特别在意。因为，任何一个餐馆或旅店，如果老板愿意，都可以起这么一个响亮的名字。不像在中国，不允许拿政治领袖的名号作商标。前些年，有人别出心裁，以毛泽东的字"润之"作为餐馆名，据说生意很红火，但受到了有关方面的查处。文学家的情况好些，如果有一天你在某个建筑或商品上发现鲁迅的名字，千万别大惊小怪。起码我知道，大名鼎鼎的北京"老舍茶馆"，便与小说家老舍本人的生活经历没有任何关系。

附记：

　　我所见到的最早介绍大英博物馆圆形阅览室的文章，当属 1874 年 4 月《中西闻见录》第 21 号上刊载的映堂居士《英京书籍博物院论》。文章写得很用心，材料翔实，条理清晰，至今仍可作为信史阅读——除了"桌各有一笔一砚"。现节录如下：

　　泰西各国京都大城，均有藏书及万物之院，以便详考者易于观览。其周备整足，以各国论之，未有过于英国之书籍博物院者。

　　此院也，创于乾隆二十六年，英国秉政大臣拨款数十万两，置买书籍图画，以及物产各类，专设巍峨堂所贮之，以助博物之学。嗣后尝有增益。……一堂之中，万物俱备，不特便于观览，实于格物致知之学，确有所助焉。迨因所蓄太多，而旧堂不足以藏之，乃于道光三年，另建一堂，鸠工起造，经之营之，道光二十七年工始告成。复因所藏书籍日见其多，

气势恢宏的圆形阅览室

新堂仍不敷用，又于咸丰四年，在堂之院中，筑一大厦，名
曰读书堂。

此堂也，高九丈有余，径十三丈。其屋顶如弓式如釜形，
不覆瓦，皆嵌以玻璃。是虽既高且大，而皎洁光明，绝不幽暗。
其广可容三百人在内读书。人各有一桌一椅，桌各有一笔一
砚，其桌长大四尺。无论何人欲入此堂读书，均不禁止。惟
向本处绅士求领凭据，开明某人姓名、住址，及公正可靠字样，
送于堂之领事者，换给执照，一面注明姓名，准其入堂看书。
执照用至六个月更换一次。若欲观诵某书，则有纸一小方注

明某书某号，付与值堂之人，以便持取，片时即可捡来。

至所藏书籍不仅英国著作，实古今各国撰述丛集于此，总计共有一百数十万卷。每年增益者，亦不下数千卷。国史、文学、经济、杂家，无不全备，目录写本一千余卷。书最古者，则自中国唐代时英国原写本多种，至今犹存。此外历年以来各书，不惜重资，随时购买。惟英国当今各书肆刊刻之书，每种按例必将二分送院藏存，以备考查。

院中用款，每年约费洋银三十万余两，均在国帑内拨出。有总管大吏一员，专司其事。又分隶院内事务者，大小数十余员，用役者三百余人。巍巍乎洵一大观也！

# 石雕与墓碑

2001 年 8 月 2 日，星期四，小雨

上午到伦敦大学亚非学院图书馆借书，午睡后，按原计划出游。斜风细雨，总算尝到了所谓的"伦敦滋味"。出国前，朋友曾警告，这个季节的伦敦，阴雨连绵乃常态。携妻子行走在"寂寥的雨巷"，眼前不曾飘过"一个丁香一样地／结着愁怨的姑娘"，倒是被急驰而过的汽车飞溅了不少水珠。好在不是泥浆，否则，穿着"迷彩服"逛博物馆，不伦不类。

大英博物馆里，游人依旧如织，一点未受天气影响。相约今天细看中国馆，没想到，尚未进入最佳状态，就被要求离开。正纳闷为何提前关馆，却发现另一扇门可以自由进出，也就懒得与管理员理论了。事后才注意到，人家其实说得很清楚，各展厅开放时间不一，是我们自己疏漏了。转到一楼西厅，发现各展室所藏，不是埃及、亚述的雕塑，就是希腊帕特农神殿遗物，体积大且多固定在墙体上。其开放时间较长，不知道是特受观众欢迎，还是

凝视 3000 年前的埃及雕像

因为无失窃之虞。

　　埃及的雕像实在精彩，不管是高达三米的阿梅诺菲斯三世花岗岩雕像头部，还是那诱使雪莱诗兴大发的拉美西斯二世雕像，如此精美的作品，竟然产生于公元前一千多年，如果不是学界早有定论，真的不敢相信。可埃及雕像存世数量多，且散落在世界各大博物馆，以前多有识见。这回真正让我惊叹不已的，其实是亚述人的圆雕与浮雕。

　　美术史家告诉我们，公元前 9—前 7 世纪，是亚述王国最兴盛的时代，也是两河流域雕刻艺术最繁荣的时期。单凭这么一点

凝视 3000 年前
的埃及雕像

点从书本上得来的常识，无论如何难以想象那勇武威严的石刻造
像，以及刻画入微的狩猎场面。展厅的三处入口，各放置一对
五六米高、十几米长的人首带翼公牛雕像，据说这些制作于公元
前 865—前 860 年的神物，原来的功用是守护王宫雄伟的门道。
幽暗的灯光下，神物的眼睛半开半闭，似昏睡，又似悲悯，但其
栩栩如生的翅膀，分明提醒我们，神物随时可能一怒冲天。展室
静悄悄的，游客即便拍照，也都不敢追求"亲密接触"。我也不
例外，妻子还没摆好姿势，我已经按下了快门。不知为什么，对
于此等"来历不明"的庞然大物，我反而多了几分神秘感与敬畏心。

亚述宫廷浮雕：刻画入微的狩猎场面

比人首带翼公牛雕像更广为人知的，其实是镶嵌在墙壁上的浮雕群。这些在尼姆鲁德或尼尼微的宫殿遗址发现的石刻，对于战争以及狩猎场面的精细刻画，实在令人叹为观止。不止场景宏阔，气势磅礴，人体与动植物穿插迂回，遥相呼应，看得出是有整体构思，而不是随意勾勒或偶然拼接；更重要的是，所有这些形象都处于运动状态，马狂奔，人弯弓，中箭的狮子在哀鸣。如此惊心动魄的场面，一转眼又成了安详平和的会盟与歌舞。将镜头对准那极富动感、几乎拉扯成飞天图样的人兽争斗，左端详，右琢磨，就怕无法"凸显"这些神妙无比的浅浮雕。只好指挥妻子，用摄像机记录这波澜起伏的连续性画面。回家读展览说明书，方才知道不虚此行："大英博物馆是唯一能欣赏到如此众多保存完好并按其原来顺序排列的雕刻品的去处。"这里强调"按其原来顺序排列"，在博物馆是得意，在我则多少有点感伤；因为，这里毕竟不是近东。

博物馆里，又见到那熟悉的一幕：手拿铅笔的孩子，在母亲的陪伴下，正一件件辨认着大厅里的著名展品，随后又认真地填写在小册子上。远远望去，小册子印有展品的轮廓，大概是专为孩子们的识认而设计的。去年冬天，在巴黎参观奥塞美术馆，就曾被类似的场面深深感动。就在莫奈的《睡莲》、凡·高的《欧维教堂》前，一大群五六岁的娃娃，在老师的带领下，趴在地上胡涂乱抹。教师的现场指导到底有多少实际效果，我不知道；但我敢肯定，在嬉戏中亲近大师，用童心去感受艺术，如此"启蒙"，必定事半功倍。什么时候中国的孩子们也能随意进出美术馆和博物馆，那时再来谈论"素质教育"，我觉得更为切题，也更为惬意。

步出大厅，迎面又是那尊漂亮的复活节岛石雕像。托旅游业的福，我们已经在各类书籍以及电视上，多次见识过南太平洋上这座总面积不到120平方千米的孤岛。据说，复活节岛上最为神秘的，当属那一座座大小不一的石雕像。此等石像，说不清是为了纪念部族的祖先，还是刻画天外来客；如果容我驰骋想象，我更愿意将眼前的这位，读解为胸有雄兵百万的大将军。"大将军"

"大将军"与小女孩

威严、从容、笃定，很是让我喜欢。石雕像前，有女孩在抄说明书，出于好奇，走上前询问，是不是为了完成老师布置的作业。小女孩嫣然一笑，说，不是，只是自己喜欢。

夜读闲书，乃夏济安编译的《名家散文选读》（香港：今日世界社，1976）。对翻译学一窍不通，之所以在茫茫书海里抓出这册"英汉对照本"，看中的，一是夏济安的译笔，二是书中有两则华盛顿·欧文（Washington Owen，1783—1859）所撰谈论英国的散文。欧文乃美国第一位享誉国际的文学家，其《见闻录》中讲述美国生活的《李伯大梦》和《睡谷野史》，晚清已有汉译本，

伦敦西敏寺

反而是主体部分对英国风光的渲染，以前很少关注。称"英国公园的景色，最为宏伟，其壮观恐举世无出其右者"（《英国的农村生活》），这我同意；可更让我感兴趣的，却是关于朴素无饰的诗人纪念碑为何更能吸引游客的解说：

伟人和英雄的墓碑，华丽是华丽了，但只能引起他们冷淡的好奇心，或是模糊的羡慕之情；诗人的墓碑却勾起了他们一种更为亲切的情爱。他们留恋左右，就像置身于朋友和知己的墓旁；因为在作者和读者之间，的确存在着一种友情。别种人物之闻名后世，完全要靠历史的媒介，而历史总是变得愈来愈模糊，愈来愈隔膜；作家和他的读者之间却永远保持着新鲜、活泼而直接的交谊。(《西敏大寺》)

这一个半世纪前的情景，到我来访时，依然如故。而且，我相信，随着历史的推移，游客之青睐"诗人"而疏远"英雄"，当越来越突出。只是诗人之被记忆，除了作品，还包括"传奇人生"。比如我之接触明末才女兼名妓柳如是以及英国小说家曼殊斐儿（曼斯菲尔德），最初便缘于陈寅恪的《柳如是别传》，还有徐志摩自家再三渲染的"哭洋坟"。

我也像欧文一样，喜欢诗人朴素的墓碑，而不欣赏英雄威严的塑像，不过理由略有不同。诗人无所依傍，独自面对整个世界与人生，用庄子的话说，是"无待之学"；英雄之引领风骚，很大程度得益于其麾下的千军万马，正所谓"一将功成万骨枯"。还有一点，说出来很惭愧——英国文学史上的名家名作，好歹我还读过一些；对于英国史则所知甚少，因而面对无数曾经显赫一时的王公大臣，也就没有丝毫敬畏的感觉。

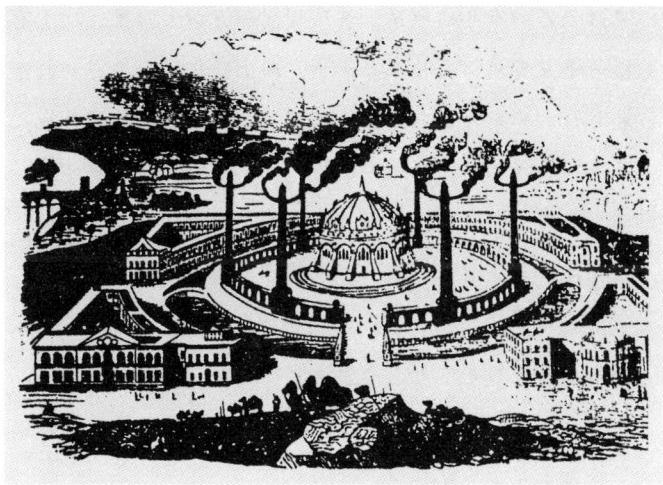

尼尼微太阳庙图(《教会新报》第二卷 52 期,1869 年)

附记:

关于尼尼微城遗址,美术史及考古学著作多有描述,各种大百科全书也都设立了专门条目,有心人很容易翻检。我关心的是,中国人什么时候开始接受此等考古学知识。目前我所见到的最早资料,乃 1869 年 9 月 11 日出版的《教会新报》第二卷 52 期上的《尼尼微太阳庙图》及其说明文字:

东方古尔的斯丹部,即今之波斯国,昔有大城,名曰尼尼微，乃四千年前所造。其城周围一百四十四里，城上有望楼一千五百座，每楼高二十丈。城上路极宽，可以兵马车三座并行。其君即住在内。民居稠密，且多园圃。惜其地之人多恶，多行不义，事见《旧约·约拿书》二三章。城中有一大庙，名曰太阳庙，极其壮丽。四周墙壁之间，有大柱六。柱中空虚，其下燃以煤炭，烟火出于其上。至今城垣已失，所存者瓦砾而已。不谈"国王猎狮图"的壮美，也不谈众多浮雕石板的美术史意义，而专注于"大城"之变成"瓦砾"，以及"多行不义必自毙"，道德教训以及历史兴衰的感叹，明显掩盖了考古及美术知识的传播。

# 见钱眼开与自由演说

2001 年 8 月 5 日，星期日，晴

这回可真是"见钱眼开"，本准备参观希腊和罗马馆，顺道走进了汇丰银行的钱币展厅。说好是走过场，没想到竟一发而不可收，整整逗留了一个上午。而且，如果不是饥肠辘辘，还不知道什么时候才舍得离开。

大概对钱感兴趣的人不少，加上展厅不大，因而略显拥挤。好在别人转一圈就走了，没像我们观察得那么仔细。如此"钻进钱眼里"，既非过屠门而大嚼，也不是钱币收藏家，而是旁枝逸出，读出另外一种味道。作为人类历史上最重要的创造物，钱币兼有经济史与文化史双重意义。前者非我所长，后者则让我大感兴趣。

第一次近距离观赏如此众多的古钱币，突然产生一个念头，为何中国人的钱币设计与众不同？别的国家的古钱币以图像为主，而我们的古钱币则突出文字。不管是写实的人像，还是抽象的图案，各种或精美或笨拙的外国古币上，文字只起说明作用。只有

以图像为主的欧洲古钱币

中国人的古钱上，文字占绝对优势，图像则可有可无。记得创办《申报》和《点石斋画报》的英国人美查，曾批评中国人过于迷信文字，而相对忽略了图像传播知识的功能。此等解释，用在这里似乎并不合适。最大的可能性是，基于汉字本身特性的书法，其结构与韵律，足以代替图像，而具审美的功用。

中国钱币史上，钱文书法，篆、隶、行、楷各体皆备，而且不乏精彩之作。唐代大书法家欧阳询的"开元通宝"，雍容端庄，因传世量大，故见识者多；眼前这枚大铁钱上的"大观通宝"四字，刚健挺拔，不用说，准是出自宋徽宗之手。宋代皇帝中，喜欢题写钱文的，不仅仅是以"瘦金体"名世的宋徽宗，还包括宋太宗、宋真宗、宋高宗等。一旦书法成了国人普遍认可的特殊技艺，连

宋徽宗题写的
"大观通宝"

皇上都喜欢露一手，其荣登钱币，集大雅与大俗于一身，大摇大
摆地进入百姓的日常生活，便不是什么奇怪的事了。

　　徘徊于钱币展厅，另一个"自以为是"的发现，是中国古钱
币的外圆内方，必定带有象征意味。各国古币大都呈圆形，偶尔
也有不规则者，但全部实心，未见像中国人那样多事，故意凿出
一个方洞来的。古代中国人别具一格的设计，我想不会是为了节
约用材，最大的可能性是对应天圆地方的宇宙观，或者外圆内方
的人格理想。只知道从秦到清，主要通行方孔的铜质圆钱，未考
最初的设计理念，因而，关于古钱币与中国人宇宙观、人格理想
的互动，均属"大胆假设"，只好暂且按下不表。

　　让我大感兴趣的，还有1905年北京造币厂制作的铜钱树。比

起四川出土的婀娜多姿的摇钱树，近世京城里官家的制作，实在缺乏想象力。除了作为支撑的主干，中间两排各20个串联起来的"光绪重宝"，两旁各一串，稍短一点，数数也有19个。如果说这就是百年前的"装置艺术"，未免粗糙了些。好在旁边还搁着一把铜钱制作的剑，提醒我们，如此设计，很可能另有用途。

回家翻阅陈存仁《银元时代生活史》（香港：1973年作者自刊本），居然在第20页找到了答案。陈书说到家里有四口藏字画和铜钱的大木箱子：

> 第四箱是用康熙铜钱串成一把一把的剑，剑的长度五尺，每一把剑是一千个康熙铜钱扎成的，所以十分沉重。每搬一个箱子要四个人合作才能移动，这都是从前防偷窃避盗劫之法。

陈氏主要以医学名家，文史非其所长，故回忆文章颇多可议处。但此处关于铜钱扎成剑以防盗窃的说法，应该是可信的。

好不容易碰上如此天晴气朗且又有闲情逸致的周日，午饭后，赶往大名鼎鼎的海德公园。那里的自由演讲乃伦敦一景，不可不看。凌叔华写于1958年的《谈看戏及伦敦最近上演的名剧》（《凌叔华、陈西滢散文》，北京：中国广播电视出版社，1992），从戏剧而不是政治的角度来解读海德公园的演讲，倒也别具一格：

在星期天下午，我们往往可以在海德公园的广场上，自由自在的听那站在肥皂木箱上的人演说，他有时大骂现任政府，讥讽议会及皇室，警察站在一边倒替听众维持秩序，保护演说者。因为国家有了这种鲜明的保障，思想自由的表示，故英国近百年来产生不少文学思想家，对世界文化的贡献极大，这也是久为世所公认的事实。（52页）

平日里，这种乱哄哄的演说确实没什么影响；可到了关键时刻，此举却能显示巨大的政治意义。储安平在《英国采风录》（上海：商务印书馆，1945）第五章"大宪章·自由主义"中，专门谈论"英国人对于平等的观念固很淡薄，但对于自由的争取和卫护，则千百年来，念兹在兹，永矢勿忘"（80页）。说到英国人的言论及结社自由，储安平特别介绍了1940年春间发生在伦敦的"标语案"。其时希特勒的战车正碾过荷兰与比利时，"闪电战"随时可能降临英伦三岛。而"和平志愿联合会"印发和张贴反战标语，扰乱政府的备战措施；警察厅于是以违犯国防条例为由，起诉该联合会的主席等六人。经激烈辩论，法官判被告无罪，理由是：此种见解虽违反多数人的意见，但这是一个自由国家，我们打仗流血正是为了保持她的自由，不能因系战争年代情势紧张而改变传统的原则以及法律的尊严（95—98页）。储安平撰文至此，肯定是感慨万端；而自家日后的悲惨遭遇，更是证明中英两国的政治生态及文化传统存在巨大差异。

周日的下午，阳光和煦，是户外活动的好时机。海德公园演讲角，自然形成了十几个演说圈，主讲者有黑人，有白人，可就是未见亚裔。有插着小旗帜，上面写明演说宗旨者；也有印好演说大纲，随时散发的。站在自带的小椅子上，声嘶力竭地呐喊（大概有不准使用扩音设备的规定），演说者其实很辛苦。可听众一点也不领情，随时打断，直接插问，稍不入耳，扭头就走。听众多者数十人，少的不过三五个。"众声喧哗"的结果，想必是谁都可以说，谁也不太当真。可你要这么想，那你就错了——不管人多人少，演说者照样非常投入。

有一老先生，七十多了，还到这里来老骥伏枥。他戴着黑框眼镜，手拿大烟斗，摆开阵势，可就是没有听众。看我们犹豫不前，似乎对他缺乏信心，老者竟连唱带扭，拼命吸引我们的目光。真怕他站不稳，一不小心摔下来。同行的Y君走上前，问他准备讲什么题目。老头儿精气神十足地说，他可以讲哲学、宗教、政治、经济、文化，等等，就看我们需要什么。Y君转述刚才另一位传道者的意见："政治家全都靠不住，表面上道貌岸然，实际上自私自利，只有宗教能给人类以精神上的指引……"老头儿马上接过话头，说："我也是有信仰的人，可不能同意那位先生的看法。这个问题，得从人性的角度立说。关于人性是善是恶，历来众说纷纭。我以为，人生下来就有差异，但非善非恶……"话没说完，

海德公园演讲角

一对印度血统的夫妇凑上来，问："您讲什么主题？""关于政治，或者说哲学。"老头儿很有信心，继续发挥他的高论。没想到来者不善，才听了几句，当即插嘴：你说得不对，依我看应该如何如何。老头儿盯着你手舞足蹈时，实在不忍心撒手而去。这下好了，人家棋逢敌手，我们赶忙全身而退。

事后想想，教了几十年书，出席过无数学术会议，站讲台，做演说，多少还是有点把握。但面对海德公园这样的场景，我肯定无能为力。看来，这不只需要学识和技巧，更得有精神与信仰。

夜读"走向世界"丛书所收戴鸿慈的《出使九国日记》（长沙：岳麓书社，1986）和载泽的《考察政治日记》（长沙：岳麓书社，1986）。载泽等人这回的出国考察，可谓兢兢业业。到达伦敦的第二天，接见留学生；第三天，会晤李提摩太；第四天起，连续听政法学堂教员埃喜来讲课——自三权分立与君主之权限讲起，先政治体制，后各部规程，接下来是地方自治纲领、议院的组成、办理学务情形等，从初三一直听到十四日，真够这些平日里养尊处优的大员们累的。当然，负责记录整理的，是伍光建等随员；但大员们起码必须在场，做认真倾听状。显然，英国人对这次高级别的访问寄予很大希望，于是努力推销其政治体制；而剑桥大学和牛津大学分别赠予名誉博士学位，也可见学界的重视。载泽的《考察政治日记》记载详细，但没有多少议论；戴鸿慈不一样，多有按语和发挥，如参观下议院后有云：

议员分为政府党与非政府党两派。政府党与政府同意，非政府党则每事指驳，务使折衷至当，而彼此不得争执。诚所谓争公理、不争意气者，亦法之可贵者也。（《出使九国日记》378—379 页）

考察归来，由载泽领衔的《奏请以五年为期改行立宪政体折》，对"滥觞于英伦，踵行于法、美"的以宪法治理国家大加赞赏：

观于今日，国无强弱，无大小，先后一揆，全出宪法一途，天下大计，居可知矣。

可作为世界潮流的"立宪"若真的推行，并非对谁都有利。奏折说得很妙：

且夫立宪政体，利于君，利于民，而独不便于庶官者也。（《清末筹备立宪档案史料》110-111 页，北京：中华书局，1979）

其时清廷内外交困，风雨飘摇，"立宪"乃一剂猛（良）药，也是老大帝国谋求自我革新的最后希望。可惜上既无坚决推行的决心，下更因担心立宪而失权，在一片争吵声中，一拖再拖，坐失良机，暴力革命终于成为推翻清廷的唯一手段。阅读这段历史，起码可以明白一个简单的道理：任何政权，推行"独不便于庶官"的自我改革，不说是与虎谋皮，也是如行蜀道之难。

附记：

　　学界一般认为，外国人在华创办的博物馆，最早的，当推法国天主教耶稣会士韩伯禄 1868 年创建于上海的震旦博物馆，接下来是英国皇家亚洲文会华北分会 1874 年创办的上海博物院，再接着才是 1904 年英国浸礼会在济南创办的济南广智院和法国传教士在天津筹办的华北博物院（参见王宏钧主编《中国博物馆学基础》第三章第五节"外国在中国开办的博物馆"，上海古籍出版社，1990；马继贤著《博物馆学通论》第二章第四节"外国人在中国开办博物馆的情形"，成都：四川大学出版社，1994）。所谓晚清外国人在华创办的博物馆，说来说去，都是以上这四座。

　　偶然在《万国公报》上翻检到一则短文，使我相信，以上历史叙述必须修正。第八年 362 卷（1875 年 11 月 13 日）的《万国公报》，转录《申报》上的《创设博物院》，同时刊发主编林乐知的《书申报创设博物院后》：

上海博物院，各国西商公设也。而北京则先有行之者矣，其名曰万兽院，系大主教中神甫所创设也。搜罗直隶、蒙古、满洲以及山西、陕西并泰西各处奇禽异兽，大而狮子，小而燕雀，无一不备，即螳螂蚱蜢等物，亦列其中。死者如生，枯者转荣，居然有活泼泼之机焉。其院设于皇宫西首大主教堂中，另备一屋，以为摆列。各物之所，隔以玻璃，纤尘不染，而他物不得换入。博雅君子，俱乐观也。本馆主数年前游历京师，便到院中赏玩一次，叹观止矣。近来徐家汇天主教神甫亦遍觅江苏省内之珍禽异兽、大小飞虫，以及水族等物。仿此而行，即他省有愿送来者，亦准收列。本馆主前往观之，尚未齐备，想不日可完全矣。

自称"美国进士"的林乐知（Young J. Allen, 1836—1907），见多识广，博学深思，既曾亲自前往考察，当是确凿无疑的事实。只是这北京的"万兽院"，到底创建于哪一年，还必须做进一步的考辨。不过，一"叹观止矣"，一"尚未齐备"，抑扬之间，林进士明显推崇被今日学界遗忘的北京"万兽院"。

## 民俗知识与剑桥故事

2001年8月16日，星期四，晴

下午到伦敦大学亚非学院图书馆还书，顺道转大英博物馆侧门，这样进去方便多了。继续看中国和南亚馆，妻子饶有兴致，说是上回没看够。

印度和南亚部分，此前的知识储备太少，对其宗教精神与艺术风格，只是一知半解。边读说明文字，边欣赏展品，不是好办法，思路不连贯不说，审美趣味也老被考证眼光阻断。记得胡适曾提及其阅读《水浒传》的感受：正看得起劲，忽然历史考据癖打断了文章欣赏（《记金圣叹刻本〈水浒传〉里避讳的谨严》）。在胡先生是因为背景知识太强，很容易被引诱得旁枝逸出；在我则是背景知识不够，想多一些了解，故导致目光分散。看来进博物馆还真有讲究，太熟没有新鲜感，太生则不知所云。

按照这个标准衡量，还是中国的东西"好看""耐看"。那公元4—7世纪西北一带生产的陶俑，大有以西洋将士为原型者；

伦敦大学亚非学院图书馆

至于这尊唐三彩，表现卷发黑人儿童的憨态，更是引人注目。读向达《唐代长安与西域文明》（北京：生活·读书·新知三联书店，1979），不难了解开元前后长安胡化之风的盛行；而美国学者谢弗（E. H. Schafer）《唐代的外来文明》（*The Golden Peaches of Samarkand: A Study of Tang Exotics*，北京：中国社会科学出版社，1995）更提醒我们，唐人追求外来物品的风气渗透到社会的各个阶层以及日常生活的各个方面，与此相适应的是，诗人、画家、小说家等也都在其作品中描绘纷至沓来的外国人。虽有若干书面知识，一旦与"黑孩"觌面相逢，还是颇受震撼。遥想当年长安的"国际化程度",以及唐人的胸襟与气魄,真的无愧"盛唐气象"四字。

眼前这套唐代的玉带,共九块,雕有不同式样的乐师形象,或舞或笙,或锣或鼓,或笛子或筚篥,玲珑剔透,煞是可爱。手头没有"中国音乐史图录"之类著述可供对照,不知此玉带造型是否曾入集。利用青铜器、玉器、石刻、陶瓷、木雕等器物上的人物造型,来帮助考证甚至复原古代生活场景,是一个有趣且有效的方法。可造型艺术的表现题材及风格,大概也像文学一样,很大程度受制于"遗传基因"——再具有"原创性"的作品,也都不可能从天而降。如此说来,单从题材或造型来论唐宋、辨明清,有时很危险。这也正是专家眼光与我辈门外汉的最大区别。

那件明代北方所产矢壶,人物及花草均逸笔草草,近乎文人画,不像一般工匠所为。说明文字介绍了投壶游戏的规则。可说实话,我怀疑外国人看了如此简要的叙述,能否明白投壶古礼在古代中国的重要性。宴会上,宾主依次用矢投向壶心,以决胜负,负者受罚饮酒。如果只是一般的游戏倒也罢了,问题在于,"投壶视诸戏最为古雅"(谢肇淛《五杂俎》),历来被赋予太多礼乐教化的意味。一说到"投壶",中国读书人最容易想到的,自然是《礼记·投壶》里郑玄的注:"投壶者,主人与客燕饮讲论才艺之礼也。"此等投壶古礼,到了民国年间,早已名存实亡。1926年,盘踞东南五省的军阀孙传芳,为了"发扬文化""修明礼乐",在南京大张旗鼓地提倡"投壶新仪"。此举明显是对着五四新文化而来,

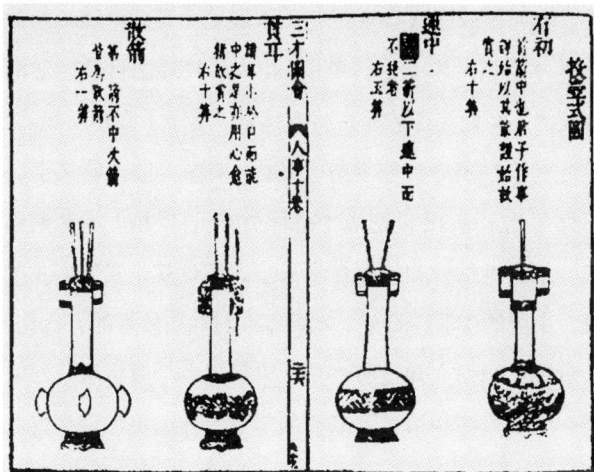

投壶式图（《三才图会》）

难怪鲁迅对其师章太炎出面主持"投壶"很不以为然。我最初是读鲁迅的《趋时和复古》，方才注意到此"投壶新仪"的。翻阅各种考古及美术图册，可大致了解这"古已有之"的器物；但真正让我明白其游戏规则的，却是明人王圻、王思义编集的《三才图会》。其中的"投壶式图"告诉我们，从"有初"到"败壶"共二十式，各有各的说法。一如今天的打麻将或行酒令，输赢固然要讲，但"说法"似乎更重要，因趣味之高低正系于此。

墙上所挂大幅木雕，远远望去，一口咬定是来自潮州；别的不敢说，潮州木雕中的镂空雕刻，配上五彩饰金，自信还是能够辨认的。小时候曾多次参观工艺美术展览（那是学校组织的，目的是培养学生们对家乡的热爱），长大后又耳濡目染，对潮州的木雕、刺绣、陶瓷等工艺品，略有感觉。妻子不太相信我的眼力，还嘲笑此乃"谁不夸俺家乡好"。走上前去，读说明文字，可惜语焉不详：此木雕18世纪末19世纪初来自广东。如此娴熟的通雕手法，加上老幼皆知的薛仁贵故事，应该就是我们家乡的。可妻子说，中国的瓷器、石刻、木雕等取材戏曲故事的，比比皆是，你以为就你们潮州人知道薛仁贵？末后还来个激将法：回家好好补补课，下回逛博物馆见到潮州的宝贝，才能更加理直气壮。此件木雕是从剑桥大学美术馆借的，恰好明天我们要去剑桥大学，也算有缘。

在这么多先秦或唐宋的器物中间，夹杂一张当代作品，总觉得有点格格不入。仔细想想，设计者或许是为了强调中华文明从古至今一脉相承，不可能像介绍埃及或亚述那样中间打住。可即便希望兼及当代中国人的民间习俗与宗教信仰，似乎也不该以如此"搞笑"性质的冥币为代表。冥币的制作与使用，20世纪50年代后在大陆基本绝迹；可近年"死灰复燃"，私下里的印刷与销售，颇为兴盛。之所以说这张1985年入藏的冥币有点不伦不类，是因其面额五千美金，且由"地狱银行"负责发行；冥币正面图案是带有民族风格的大屋顶建筑，右边写着"行长　玉皇"，左边则是"副行长　阎罗"。我怀疑此乃伦敦或纽约"中国城"里哪位先

大英博物馆里展出的面额 5000 美金的冥币

生的"杰作",因如果在大陆"流通",没必要弄成美金,那样兑换起来很麻烦。当然,也有可能是香港或台湾的产品,那里的民众对美金更熟悉,也更欣赏。

夜读萧乾《负笈剑桥》(北京:生活·读书·新知三联书店,1987)和《徐志摩选集》(北京:人民文学出版社,1983),算是为明天的访问做准备。拜读二位作家对于剑桥的介绍,第一印象是:徐给我想象的空间,萧给我必要的常识。

许多中国人之所以喜欢就读或访问剑桥大学,我相信,很大程度上是受徐志摩诗文的诱惑:

　　　　轻轻的我走了,

　　　　正如我轻轻的来;

剑桥大学三一学院

> 我轻轻的招手，
>
> 作别西天的云彩。

如此《再别康桥》，不知迷倒过多少有浪漫情怀的读书人。可作为"旅行指南"，只讲"满载一船星辉，/ 在星辉斑斓里放歌"，实在不合适。徐君此前所撰散文《我所知道的康桥》，倒是提供了若干有用的信息，比如康河各段的特点，沿河两岸四季常青的草坪，几个蜚声世界的学院的建筑，还有康河上划船的经验，等等。当然，最感人的，还是诗人"我这一辈子就只那一春"的自我表白：

康河边小憩

　　带一卷书，走十里路，选一块清静地，看天，听鸟，读书，倦了时，和身在草绵绵处寻梦去——你能想象更适情更适性的消遣吗？

我承认，如此读书，很适性，也很抒情，可不一定非在剑桥不可。诗人敏感到剑桥自然的美，可忽略了大学主要乃获取知识的场所。一年半时间里，诗人很少听课或泡图书馆，对于这所著名学府不太浪漫的一面（比如对于知识的艰苦探寻），徐君明显缺乏必要的了解与同情。

萧乾的长文《负笈剑桥》初刊于1984年5月的《文汇月刊》，后收入三联书店1987年版《负笈剑桥》，是其四十年后重返剑桥时所撰随笔。作者当过多年记者，知道怎么写才有信息量，文中抒情笔墨不多，夹叙夹议，在追忆自家留学生涯的同时，着意介绍这所大学的历史、建制、风景、学术特点以及学生的课外活动等。正因其隐含着为国内大学提供借鉴这一写作目的，谈及剑桥有个好传统，"对来旁听的学生总是敞开大门"时，加了个括号，说明"有如民国初年的北大"；提到剑桥有大学评议会，但实权分别掌握在各学院手中时，又补充一句："在这一点上，也许还近似抗战时期我们的西南联大。"没有照抄旅游指南或大学简史，而是在叙述自家经历或表达感想时，不失时机地穿插相关资料。对于渴望了解剑桥大学风貌的读者来说，《负笈剑桥》虽没有徐文洒脱，却比徐文更有用。毕竟是在图书馆里泡了整两年，积极准备撰写关于英国小说的学位论文，萧乾对大学学制等方面的了解，明显在徐志摩之上。

事前事后，拜读过不少关于剑桥大学的文字，其中不乏精彩者；但如果让我推荐，最合适的，还是徐、萧二文。我敢担保，徐、萧二文能让读者在最短时间里对这所大学有大致的印象；只是还得补充一句，阅读时二文不可偏废。

有趣的是，徐、萧二文都提到康河划船。萧称自己不会游泳，只试了一回，"船身摇摆得难以控制，几乎跌下去，就再也不敢

康河划船

来了"；徐则屡败屡战，"也不知有多少次河中本来悠闲的秩序叫
我这莽撞的外行给捣乱了"。这正是诗人可爱之处，毫不理会旁人
的讥讽以及"不出声的绉眉"，只顾沉醉在自己空灵而温馨的"康
桥世界"里。

附记：

曾朴《孽海花》第二十回写众人为李纯客贺寿，其中有涉及投壶者，引录于此，可见清末京城文人对此雅戏的态度：

说话未了，忽从微风中吹来一阵笑语声，一个说："我投了个双骁，比你的贯耳高得多哩！"一个道："让我再投个双贯耳你看。"小燕道："咦，谁在那里投壶？"筱亭道："除了剑云，谁高兴干那个！"扈桥就飞步抢上去道："我倒没玩过这个，且去看来。"……

廊底下，果然见姜剑云卷起双袖，叉着手半靠在栏杆上，看着一个十五六岁的活泼少年，手执一枝竹箭，离着个有耳的铜瓶五步地，直躬敛容的立着，正要投哩。恰好扈桥喘吁吁地跑来喊道："好呀，你们做这样雅戏，也不叫我玩玩！"说着，就在那少年手里夺了竹箭，顺手一掷，早抛出五六丈之外。

此时纯客及众人已进来，见了哄然大笑。纯客道："蠢儿！这个把戏，那里是粗心浮气弄得来的！"

　　2002 年 3 月 2 日《北京日报》上有一则报道，题为《清明未至，50 吨冥币进京城》，文章意在强调"加强进京道路的检查力度，争取把冥币等封建迷信殡葬用品堵在京城外面"的必要性，可同时透露出这样的信息：冥币在当代中国仍有很强的"生命力"。这也凸显了一个难题，冥币作为很能体现中国人趣味的民俗资料，确实有资格进入博物馆；可博物馆里的精彩展品，若在现实生活中复活，则麻烦多多。如何区分"知识传授"与"价值评估"，可不是一件容易的事。

# 何谓"世界眼光"

2001 年 8 月 18 日，星期六，晴

20 世纪 90 年代中期，曾流行一个段子：不到北京，不知道自己的官小；不到深圳，不知道自己的钱少；不到海南，不知道自己的肾不好。仿照这一说法，我现在的感慨是，不到博物馆，不知道自己的知识贫乏。

很怀念启蒙运动时期法国"百科全书"派的勇猛精进与博学深思，尽管"启蒙"一词现在已经很不时尚，甚至颇有反讽的意味。其实，古代中国读书人也是讲求博学的——当然是相对于其所处时代的知识水准；比如略带夸张的"一物不知，儒者之耻"，便是非常激动人心的口号。"五四"那代学人，若蔡元培、鲁迅、周作人等，少年时代所接受的"博物学"传统，对其日后的学习与传播西方现代科学知识，以及成名后仍保持旁采兼收的阅读习惯，起了很好的接引作用。20 世纪 30 年代以后，学界日渐专门化，不太欣赏汗漫无所归依的"杂家"，中国人的读书趣味方才变得越

八角棱形的黄铜水壶

装饰骑士图的大碗

来越窄。

　　之所以发此感慨，是因为下午看伊斯兰艺术展，深感自己这方面知识的缺乏。这是个专题展，乃约翰·阿迪斯（John Addis）爵士捐献给大英博物馆的收藏，涉及西班牙到印度，同属伊斯兰世界的诸多国家的物品。一会儿背景不清，一会儿事件不明，一会儿器物不懂，不断翻查电子词典，仍然一头雾水。唯一能够欣赏的是那些瓷器及黄铜制品，而且主要是从审美的角度。比如，这件用金、银、铜镶制的黄铜水壶，壶呈八角棱形，肩及腹围饰以叶瓣形图案，上绘骑马或宴乐场面，很是精美；而那件画有骑士图的大碗，中间矗立着两棵装饰意味很浓的小树，隔开三位稚

气十足的骑士，上面是飞禽，下面则为人面走兽，整个画面喜气
洋洋。

因尽量避免在宗教场合使用人和动物的形象，故伊斯兰艺术
注重抽象图案，装饰意味很强。其优雅的植物造型以及绚丽的色
彩，让我十分喜欢。可如此解读伊斯兰艺术，近乎买椟还珠。旁
边的中国游客，大概跟我一样缺乏必要的知识储备，显得很不耐
烦，开始指手画脚，对英国人将此等"才几百年的东西"搁在博
物馆里，大不以为然。

撇开各种宗教的信徒不说，大部分中国人关于伊斯兰文化的
知识，明显比不上佛教文化或基督教文化。不完全是"偏见"，
更主要的是"无知"。而这，与我们的博物馆数量太少，且视野
狭窄不无关系。去年在德国讲学，曾就中国人之是否缺乏"世界
眼光"，与 W 教授有过一场争论。W 教授称，中国人不像西方人
那样关注外部世界，理由是，几乎每个西欧国家都有东方艺术馆，
而中国至今还没有一处专门收藏并陈列西方艺术品的场馆。情急
之下，我脱口而出：你们博物馆里丰富的东方藏品，当初如何得
来？我们今天能依样画葫芦吗？谈话一旦上升到"政治正确"的
层面，西方教授一般不跟你纠缠。可很明显，双方心里都不服气。

事后想想，自家的理由也并不充分。出来前曾见报载，一民
营企业从中国民间发掘出数万件日本文物精品，可苦于无处藏身。
看来 W 教授的讥讽，并非毫无道理。什么时候中国人也可以借助

博物馆，养成比较开阔的"世界眼光"？

所谓的"世界眼光"，当然不能只局限于欧美，起码必须涵盖东亚、西非、南美等。可说来容易，做起来却很难。20年前，那时我正在念硕士课程，竟不知天高地厚，撰写并发表过《许地山与印度文化》。随着年龄的增长，逐渐明白了一个简单的道理：很多似乎一眼就能看穿的东西，除非你发大愿力、下苦功夫，否则根本无法探底。就好像两座各自高高矗立的大山，你站在这边远眺，也能约略知晓那边的风景；可真要细究，那才真叫看山跑死人。

20世纪20年代中期在牛津大学曼斯菲尔学院研究宗教史的许地山，只在《牛津大学公园早行》《牛津的书虫》等寥寥几则诗文中，稍微涉及其留英生活。作为已享盛名的短篇小说家，许君日后主要以道教史等专业著述名世。倒是其与伦敦大学汉语教师舒庆春的交往，促成了小说家"老舍"的横空出世（参见老舍《我怎样写〈老张的哲学〉》），这点很值得夸耀。念及此，我在亚非学院（SOAS）图书馆里翻江倒海，希望能有所"发现"。可惜找到的只有《追悼许地山先生纪念特刊》。

《追悼许地山先生纪念特刊》，非卖品，全港文化界追悼许地山先生大会筹备会编印，1940年9月21日出版，49页正文，外加三个附录，一共也就54页。封面由叶恭绰题署，书前影印了四件许地山的墨迹。全书收有张一麐《追悼许地山先生》、陈寅恪《论许地山先生宗教史之学》、郭沫若《追念许地山先生》、柳亚子《我和许地山先生的因缘》、茅盾《悼许地山先生》等大小文章共 20 篇。很可惜，没出现我最希望看到的老舍悼许文章。不过，还是满心欢喜地将全书复印下来，但那不是为了自家的研究工作，而是准备赠送给比我更痴迷许地山的日本教授 S 君。

附记：

那篇《三万件文物无藏身之地》的报道，刊于 2001 年 4 月 3 日的《北京晚报》。好在此事引起很多有心人的关注，在全国政协九届三次会议上，14 位政协委员联名提出"在中国的外国艺术品应受到保护"的提案。据说，此提案得到国家有关部门的高度重视，经过一番"如此这般"的努力，才有了我在 2002 年 2 月 28 日《北京日报》上读到的另一则报道：《外国艺术博物馆落户通州》。

# 《英语集成》与波特兰瓶

2001 年 8 月 22 日，星期三，晴

这回在亚非学院（SOAS）读书，最得意的，是见识了四种晚清的奇书。其中两种出版于上海，石印本；两种刊行于广东，版刻本。光绪五年（1879）闰三月上海点石斋照相石印的《鸿雪因缘》英译选本（*Selections From The Hung—Sueh Sketches*），64 开本，96 页，石印线装。此书半页图像，半页英文，英文上还有印刷体的中文标题，以便与图像上的手写体标题相比照。同是横排的文字，中英"背道而驰"，今人看来，煞是好玩。图像很精美，真像广告上说的，毫厘不爽。而且因缩小比例，比起道光二十九年（1849）扬州刻本，或光绪十年（1884）上海点石斋石印本，英译本的构图显得更为紧凑。只是英文实在不适合于宣纸印刷，封面还说得过去，"导言"部分可就不太清晰了。此书只提原作者麟庆，没说英译者是谁。"导言"的最后一段称：此节译本是由一位中国绅士初译，然后由出版者加以校订的。至于说颂诗无法译，我想

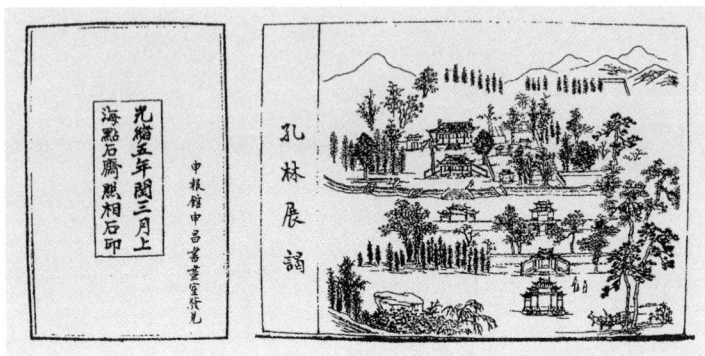

光绪五年（1879）上海点石斋刊《鸿雪因缘》英译本及其中《孔林展谒》图

是托词；估计译者趣味跟我相近，只对诗人的旅程以及汪春泉等人的配图感兴趣，而没有拜读那些诗作的耐心。

1879年7月27日《申报》上刊登署名"点石斋主人美查启"的广告，称"本斋于去年在泰西购得新式石印机器一付，照印各种书画"，可见《鸿雪因缘》英译本乃是其最初刊行的作品。五年后，美查（Ernest Major）创办图文并茂的《点石斋画报》，在近代中国文化史上有举足轻重的作用。在画报的"缘启"中，美查批评传统中国读书人只重文字，不重图像。因此，我怀疑选择图文并茂的《鸿雪因缘图记》作为点石斋的最初产品，与美查的个人趣味有关。

四处搜寻《点石斋画报》，至今未见全套的初刊本，于是只能东拼西凑。亚非学院所藏《点石斋画报》颇多，且入藏时作过初步整理，有机会当撰文介绍，以飨同好（参见附录三《说不完的〈点石斋画报〉》）。

至于两种广东刊行的奇书，一是羊城惠师礼堂镌《天路历程土话》——五卷线装，粤语方言译注，刊行于同治十年（1871）；更重要的是那30幅精美的插图，实在值得专门撰文介绍（参见附录二《作为"绣像小说"的〈天路历程〉》）。二是见识了唐廷枢编纂的《英语集全》——后者因险些失之交臂，对我来说，更是倍感亲切。

上周五在亚非学院图书馆翻检早期外国人教学中文的课本，无意中找到羊城纬经堂同治元年（1862）刊行的《英语集全》（*The Chinese and English Instructor*），大喜过望。并非此行专家，不过因读过王芝所撰《海客日谭》（1872），对其中的《英吉利语略》印象十分深刻："阿乃图，写字也。奔司耳，笔也。必巴，纸也。布克，书籍也。乃夫，刀剑也。德哩慈姑蒲，远镜也。哥老克，自鸣钟也。"（参见《海客日谭》4页，台北：广文书局，1970影印本）相比起来，最早接触洋务的广东人，其英语教学应该更强才是。

翻开线装四册的《英语集全》，首先映入眼帘的，是九龙张玉堂所撰序言。张序称留心时务的唐子，如何希望兼及语言与通商，最后撰成"分门别类，订谬指讹，莫不条分缕晰"的《华英

同治元年（1862）羊城纬经堂刊《英语集全》

音释》一书：

> 我粤自开关，招徕外国商人分部最多，历时亦久，而语言之通，以英国为准。前此非无《英语撮要》等书，但择焉不精，语焉不详，差之毫厘，谬以千里。凡有志讲求者，每苦无善本可守。至迟之久，而唐子景星释音书始出。

唐景星？这名字好熟悉，记得是晚清洋务运动的重要人物。马上钻到工具书阅览室，很快找到答案：唐廷枢（1832—1892），广东香山（中山）人，字景星，早年肄业于香港马礼逊教育会堂，1858 年任上海海关总翻译，1861 年受雇于上海怡和洋行，两年后任总办。1873 年被李鸿章委任为轮船招商局总办，1877 年主持开采开平煤矿，1885 年起专管开平矿务，乃李鸿章办洋务的得力助手。再翻翻手头这册郭嵩焘《伦敦与巴黎日记》(长沙：岳麓书社，1984)，发现其中提及唐氏者竟有 13 处之多，第 972 页甚至有 "公私事件就景星商办者甚多" 的记载，可见此公当年非寻常人物。

得意扬扬地回到自家书桌，突然发现《英语集全》没了。很奇怪，刚才明明摊开放在书桌上，旁边还搁着我的纸笔，怎么会不翼而飞了呢？大概是管理员太热心，以为该书已使用完毕，将其收拾归位。可巡查了半天，不见踪影。周一找，没有；周二找，还是没有。各种可能性都想到了，没上架、归错队、已出借等，全都一一排除，就是杳无音信。实在忍不住，早上跑去向管理员打听，方才明白是我无意中"发现善本"。那天主管经过，看见我摊在书桌上的书，大感兴趣，当即决定将其收入保存库，以后不再公开借阅。管理员指着那正躺在办公室里休息的《英语集全》，说：真得感谢你，要不是你拿出来，我们还没注意到这书刊行年代这么早。管理员越真诚，我越着急，最后连比带划，说明这书我还没读完，不想就此罢休。好说歹说，总算允许我再看半天。这回学乖了，毫不客气，先复制紧要的若干页，以备将来研究之用。

除序言及发凡起例的《切字论》《读法》，全书共六卷，真的是分门别类，巨细无遗。卷一为天文、地理、时令、帝治、人体、宫室、音乐、武备；卷二为舟楫、马车、器用、工作、服饰、食物、花木；卷三为生物百体、玉石、五金、通商税则、杂货、各色烟、漆器牙器丝货、匹头；卷四为数目、颜色、一字门、尺寸、斤两、茶价、官讼、句语；卷五为人事（一字句至四字句）；卷六为匹头问答、卖茶问答、卖肉问答、卖鸡鸭问答、卖杂货问答、租船问答、早辰问答、早膳、问大餐、小食、大餐、晚餐、雇人问答、晚间嘱咐、买办问答、看银问答、管仓问答、出店问答、探友问答、百病、医药等。据唐廷枢《自题》，之所以每个名词或句子，都包含汉字、英文、罗马注音、汉字注音四部分，目的是"两相通用"："不但华人可能学英语，即英人美人亦可学华语也。"其中的中文句子以及汉字注音，以广东话为准，因为：

> 粤东通商，百有余载，中国人与外国交易者，莫如广东最多。是以此书系照广东省城字音较准，以便两相通用。

唐氏自称，幼时到澳门一游，发现"番人楼台庙宇宏壮可观"，决心先学其文字，再追问究竟。后进入洋务场中，常有人前来问字，于是大发感叹：

> 因睹诸友不通英语，吃亏者有之，受人欺瞒者有之，或因不晓英语受人凌辱者有之，故复将此书较正。自知不足以济世，不过为洋务中人稍为方便耳。

将原先设想的《华英音释》，改定为"包罗万象"的《英语集全》，书名的更改，显示作者的勃勃雄心。不仅仅是语言词典，更希望包含若干洋务知识。正因如此，百余年后的今日，虽则时世推移，国人知识大为长进，此书仍可能因其蕴涵着丰富的商业、文化以及历史语言信息，而为研究者所关注。

下午，着意寻找伍尔夫故居，未果，转往大英博物馆"读书"。

博物馆大街前，一骑警正训斥一开车的小青年，很有意思。那是画有黄色标志的过街道，本应行人优先。两位老太太步履蹒跚，没能尽快通过，开小车的烦了，于是开始"抢跑"。骑警发现，当即勒马上前。眼看着高头大马步步进逼，小车只好缓缓后退。

迈锡尼双耳樽（公元前
1350—前1325年）

雅典红色人物瓶（公元前
480—前470年）

停稳车子，年轻人下车接受训斥，老太太则从容过街。来伦敦近
一个月，这还是头一回在闹市区发现骑警，而且真的管事。

　　博物馆的大门口聚集了好多游客，不知发生了什么事，进不
去。这回学乖了，转往北门，果然畅通无阻。补拍过上次没来得
及拍摄的埃及塑像和亚述浮雕，再转过去观看希腊彩陶。

　　在各文明古国的实用美术里，陶画都占有举足轻重的位置。
只是由于艺术史家的再三介绍与极力渲染，希腊彩陶显得更加光
彩夺目。几乎所有的西方艺术史，都会对希腊陶画的工艺、题材
以及风格等，做详细的描述。以至当你踏进展室时，一点都没有
生疏或突兀的感觉。不见得熟悉每个陶瓶上所绘的神话传说，也

不见得了解"黑花式"如何向"红花式"转变，但你对陶瓶的制作工艺以及审美特征，大致还是能够把握与欣赏的。

没想到，本来期待值极高的彩陶，竟未给我留下多少好印象。这回的问题，很可能出在博物馆方面带有炫耀意味的陈列方式。大英博物馆这方面的收藏实在太过丰富，安排陈列时，不忍割爱。于是，按不同的年代、形制、尺寸、风格等，排列了无数陶瓶，把整个大厅塞得满满的，只留下行人迂回前进的过道。对于博学的专家来说，这当然是好事，借此可仔细观察并深入分析各陶瓶间的细微差异。可对于缺乏雅兴、也没有足够知识储备的一般观众来说，此种布置近乎"灾难"，因你不知道如何去鉴别与欣赏。巨大而寂静的大厅里，摆放着一排排大同小异的玻璃橱柜，橱柜里排列着无数大同小异的陶瓶，如此展示，焉能引人入胜？妻子开玩笑说，这哪像是博物馆，简直是化学实验室！

倒是罗马时代那个身世离奇但确实很漂亮的波特兰瓶，吸引了很多游客的目光。制作于公元一世纪的波特兰（Portland）瓶，黑底、白像，优雅至极；但其声名远扬，很大程度上得益于1845年那一场故意损坏艺术品的事件。如何将摔成200块碎片的波特兰瓶修复，于是成了文物保护的一大难题。据博物馆方面称，因黏合剂有效期的限制，150年来，此瓶已经三次拆散重装。游客观赏波特兰瓶，既赞叹古人的奇思妙想，又得意今人的巧夺天工。如此地既有"古典"又有"今典"，难怪其博得无数游客的青睐。

波特兰瓶（公元 1 世纪）

说到底，进博物馆的人中，专家只占很小的一部分，绝大多数游客其实需要"故事"的牵引。

附记：

　　说到"故事"，不能不提第二天赴牛津参观阿什莫林（Ashmolean）博物馆的见闻。这座英国最古老的博物馆，建

建于1683年的阿什莫林（Ashmolean）博物馆

于1683年，包括很多牛津大学艺术和考古方面的收藏。中国正式派往西方世界的首任公使郭嵩焘，曾于1877年访问牛津大学，顺带参观此博物馆。对此，郭氏日记中有专门的记载。我之刻意寻访此馆，一半是追寻郭君足迹，另一半则是见识那枚北大印章。博物馆收藏的东亚艺术品不少，最让我感兴趣的是其中的印章专柜。柜中居然有"乾隆御览之宝""雍正御制之宝"等；更奇妙的是，旁边搁一方"国立北京大学研究所国学门"的象牙章——方形、篆书、阳文，印纽上刻了两只蝙蝠。说明文字称，此章乃埃里克·H.诺斯（Eric H. North）遗赠。不知此君从何处获得此章，又是怎样转赠博物馆的。据在此地留学的方君称，他曾跟管理员交涉，希望替北大取回此章，还比画着准备揭开专柜的盖子。管理员的回答是：很理解你的心情，但我们是通过合法途径获得的，你不能随便拿走；否则，叫警察。

希腊神像与北京版刻

2001 年 8 月 24 日，星期五，晴

后面几天的活动都已经排定，这大概是最后一次参观大英博物馆。主要看欧洲展厅，而且扣除与其他美术馆、博物馆相重叠的部分。即便这样，也只能"走过场"。

最让我感兴趣的，莫过于以下三件艺术品。首先是一组 14 世纪初制作的壁面瓷砖，属于哈德福郡的特林格（Tring）教堂所有。此乃圣画系列，描绘基督生平事迹，但生活气息很浓。红底、黄像，共十五幅，画面内容具有连续性。其中耶稣在一家庭筵席上给某家族祝福那一幅，占据两格。画家的技法并不太高明，线条有些扭曲，造型也不太准确，但其自由而任性的表达风格，很有味道，类似日后的连续性漫画。

第二件是 15 世纪后期佛兰德斯制作的盾牌，能否用于实战，不清楚；但画面确实很精彩。一边是矜持的贵妇人，腰间缠着锁链，手中握着锁链的另一头，随时准备抛出，套住痴心人；另一

特林格（Tring）教堂壁面瓷砖

边则是跪在地上表达痴情的骑士，周围布满自家丢弃的刀枪盔甲，背后站立着死神。画面上方，垂下一黄色飘带，上书"你，或者死亡"（You, or Death）。按照骑士的规则，此短语大概应解读为："或者你给我爱，或者让我死去。"而我则从中读出另一种潜台词：恋爱中的男人，一旦"丢盔弃甲"，便不可避免地被死神所追逐。当然，如此臆测，更像是中国的"警世通言"，不太符合中世纪的骑士精神。

第三件有趣的艺术品，是在18世纪英国瓷器部分发现的。那

佛兰德斯制作的盾牌，
上书"你，或者死亡"

里陈列着一组中国人瓷像，有袒胸露背的半裸女子，正在旋转着
舞步；还有一飞翔着的中国男人，清朝官员顶戴，似乎骑着扫帚。
很想仔细阅读说明文字，看看18世纪的英国人是如何想象东方的，
可惜闭馆时间已到，被管理员"无可通融"地请了出来。

　　这回有经验，别的展馆去不了，就转往西侧楼下的大型雕塑
展厅。在整个大英博物馆里，帕台农展厅的名气无疑最大，也是
所有游客必到之处。古希腊神像雕刻家菲底亚斯（Pheidias）固然
伟大，雅典帕台农神殿在人类文化史上的意义也毋庸置疑。但还

有一点同样不能忽视：这批由英国埃尔金（Elgin）勋爵于19世纪初从雅典帕台农神殿取下并运回英国的大理石雕塑，是否应该归还希腊，几十年间引起无数争议，并因此吸引了众多普通民众的目光。

从道义的角度讲，这批"埃尔金大理石"无疑应该物归原主；可如果英国人死咬住不放，称当初埃尔金勋爵是付了钱的（虽然手段不太光明磊落），与"二战"中德国法西斯的劫掠艺术品不可同日而语，你拿他们有什么办法？

作为中国人，我首先想到的是，假如这种要求归还被掠夺的重要艺术品的运动合情、合理、合法，而且有过成功的先例，那么，中国是否也有可能追索在近代以来的历次战争中被侵略军所劫掠的大量文物？

索还被劫夺的文物，即便可行，这路也将十分漫长，且非个人能力所及。倒是另一种索还——借助晚清传教士或使馆官员等的照相机，恢复百年前的历史记忆，既合情合理，又切实可行。这种"影像发掘"，目前相当时尚，也颇有成效。我也未能免俗，常常在各种早期洋书中，搜寻有趣且合用的图像资料。此次伦敦读书，最得意的是找到了1897年刊行于北京的《北京：历史和记述》（*Péking: Histoire et Description*）。

没学过法文，自是无法对付Favier君的大作。因对其中穿插的大量照片及版刻图像感兴趣，于是一如儿时读书，只看图，不

夏君在帕台农展厅留影

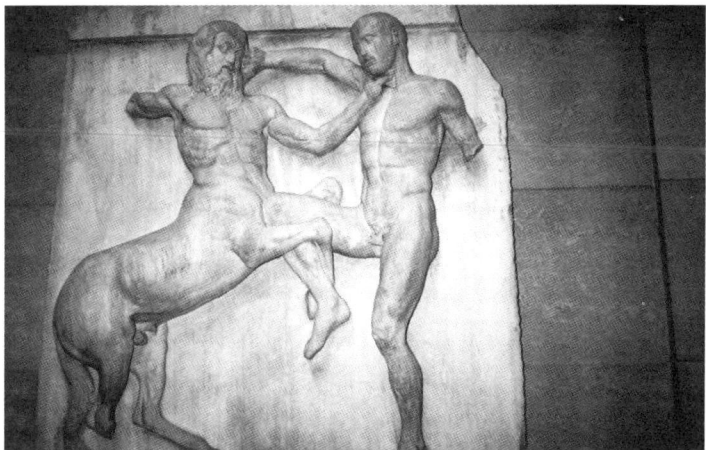

帕台农神殿雕像

辨字。偶尔非知道不可的，便求助于工具书，居然也能猜出个一成半成。首先是作者，据《近代来华外国人名辞典》（北京：中国社会科学出版社，1981），Alph. Favier（1837—1905）的中文名字为樊国梁，乃法国遣使会教士，1862年来华，1887年任北京教区主教，义和团运动时曾率中国天主教徒在西什库教堂抵抗。此书后来做了修订，删去部分图像，将照片由单面改为双面，在巴黎印刷发行。这两个版本亚非学院都有收藏，只可惜法国版没有出版年月，只能根据内容判定其出版在后。

此书前半部叙述整个中国历史，从盘古开天辟地说起。图像不少，但多有所本，且注明出处。后半部集中描写作为帝都的北京，其中穿插大量精美的风景照片；而我更看重的，则是关于人物及日常生活的版刻。基于自家立场，樊君注重传教事业，于是，着儒装的利玛窦气宇轩昂（138页），而雄才大略的顺治皇帝反倒显得相当稚嫩（154页）。更有趣的，还是那些阐释现实生活及文化史知识的画面，比如当年的士兵怎样打枪（402页），囚犯如何睡觉（397页），水会怎样救火（411页），婚轿又如何上路（429页），还有新春作揖（430页）、澡堂挂灯（421页）、街上卖食（420页）、货摊售物（435页）等，众生相皆有版刻图像为证。同是说明性质的图像，因画家及刻工不一，效果相差甚远。410页的逾墙和466页的马车和轿子，画面生动，线条也很流畅。而476页的测量图，内容颇具现代性，但人物造型呆滞，可惜了。

1897 年刊于北京的《北京：历史和记述》

下半部的众多图像，看得出是编者专门请人绘制并刻版的，同样也有水平不均匀的毛病。但如果不是从艺术史，而是从文化史的角度欣赏，则这批图像从一个特定的角度，凸显晚清中国人的日常生活，极有价值。全书立意以及图像选择，当然隐含着樊国梁等的审美趣味与文化理念，不可能没有偏见；但图像本身出自不知名的中国工匠之手，对其可能包含的"微言大义"并不自觉。因此，阅读此等图像资料，似乎不必"过度阐释"。

从希腊人渴望神像归还，说到法国人眼中的北京，真的该收拾行李回家了。

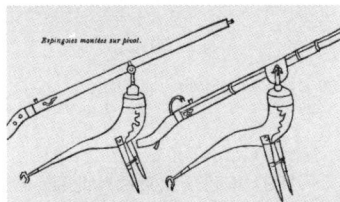

《北京：历史和记述》插图（一）

Chaise à porteurs, avec les porteurs de rechange.

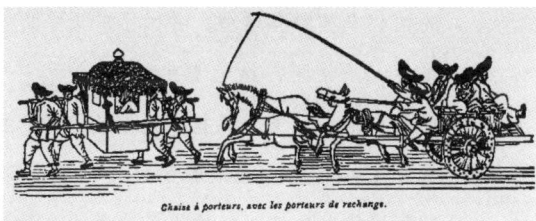

《北京：历史和记述》插图（二）

## 附记：

　　2002 年第 3 期《文艺研究》上所刊载的丁宁《"埃尔金大理石"事件——作为重要文化财产的艺术品的归属问题》一文，对此事件的来龙去脉及最新发展动态，有很详细的介绍，值得推荐。而 2002 年 2 月 24 日《新民晚报》据"新华社电"所做的报道《希腊欲向英国要回国宝，巴尔干各国声明表支持》，起码让我们明白希腊人的决心，以及索还国宝之艰难。

　　70 年前，时任清华大学教授的朱自清利用休假机会，欧游 11 个月，回国后撰写出版了《欧游杂记》《伦敦杂记》两本小册子。后者中有一则《博物院》，提及大英博物馆里的帕台农神殿各雕塑，并做了若干分析。关于"希腊雕像与埃及大不相同，绝无僵直和紧张的样子"，以及希腊艺术家思想自由，故艺术风格"清明而有力"的判断，虽得到文学批评家的表扬，但以我的经验，此类似是而非的描述，对实际鉴赏帮助不大。这也是我很少直接描摹（雕像或画作），而更喜欢旁敲侧击的缘故——在一个各式图像唾手可得的时代，文字应该调整其"腾挪趋避"的策略。

# 地图的故事

2001 年 8 月 7 日，星期二，晴

下午，由伦敦大学的 H 教授带领，去大英图书馆 (The British Library) 办理借书手续。事先和负责中文图书的 W 女士沟通过，告知她，我希望查阅《点石斋画报》及晚清插图书籍。承蒙 W 女士关照，很快就办妥了有效期五年的阅览证。而后，直奔收藏中文图书的东方和印度官方文件部 (Oriental and India Office Collections)。

当年中国学者来伦敦读书，最为关注的，一是敦煌文书，二是小说戏曲。比如，1926 年胡适到英国出席"中英庚款全体委员会议"，顺便访书，便大有收获。20 世纪 50 年代初，适之先生在台湾大学讲《治学方法》，第三讲《方法与材料》中有这么一段话：

> 到了英国，先看看大英博物院，头一天一进门就看见一个正在展览的长卷子，就是我要找的有关材料。后来又继

续找了不少。

不止胡适，那个时代的中国学者，到原属大英博物馆的图书馆淘金，大都不会空手而归。不用说，历经半个多世纪无数中外学者的淘洗，轮到我上场，很难再有什么意外的惊喜。好在我期待值不高，此行属于摸底的性质，符合适之先生"只问耕耘，不问收获"的说法。

查阅卡片，没见到任何让我眼睛一亮的奇书。这当然是我此行目的过于明确决定的，不能怨人家。W女士见我有点失望，延请进入她的办公室，那里陈列着十几种还没编目的有"图"之"书"，那是专门为我准备的。翻阅那半套《点石斋画报》，还有《吴友如画宝》《大雅楼画宝》《翰墨园画谱汇新》《增像全图三国演义》《太上感应篇图说》《鸿雪因缘图记》等道咸至光绪年间的作品，对于W女士的雅意，自是十分感激。

这坐落在圣·潘克拉斯（St. Pancras）附近的新馆，内部装饰和建筑外观都很壮丽，值得专门参观。广场中间的牛顿铜像，披着落日余晖，既温馨，又圣洁。尤其是铜像的姿态，坐着，而不是站着；聚精会神地工作，而不是气宇轩昂地挥手，感觉极佳。只是牛顿手中那把圆规，大有象征意味，透露出科学家对于未来世界的乐观想象。"世界"能否如此"规划"，今人不无疑虑。走进大厅，迎面而来的，则是追问生存与死亡、发掘情欲与梦想的

坐落在圣·潘克拉斯（St. Pancras）附近的大英图书馆新馆

莎翁——那是该馆珍藏的早期莎士比亚画像。一科学，一人文，虽"内外有别"，毕竟不曾偏废。对于牛顿，我一窍不通；至于莎翁，倒是有几句闲话可说。

在《听琴》一文中，陈西滢曾提及所谓"传统的压力"——作为中国人，明明不爱听"清幽高洁"的古琴，但怕人家说你没文化，而不敢承认。此文的"引子"，真让我啼笑皆非：

> 要是你问一个英国人，他爱不爱莎士比亚的乐府，他一定说莎氏的作品是非常的美丽而伟大，说这话的人也许这

三十年来从不曾翻过一页莎氏的原作；也许十年前曾经有一次他跟了朋友去看莎氏的戏，看了不到半幕便睡着在座中了；也许幼年在学校的时候，他也诚心地随和着其余的儿童，时时地诅咒"莎氏乐府"这一门功课。可是，现在他宁可在你面前剥去遮盖他身体的衣服，断不肯承认不爱莎士比亚。（《凌叔华、陈西滢散文》257页，北京：中国广播电视出版社，1992 ）

现在的年轻人，不见得需要如此附庸风雅。起码在中国，不懂屈原、杜甫而不以为耻者，并非极少数。这里有反叛思潮的激励，也有人性中弃难就易的惰性。毕竟，阅读几百上千年前的作品，要比看电视连续剧难多了。语言以及历史文化的隔阂，使得今人进入屈原、杜甫以及莎士比亚的古典世界时，必须经过一番艰难的挣扎与拼搏。

前些天到泰晤士河畔游玩，顺道参观重新修筑的专门演出莎士比亚戏剧的环球剧场。本意只是看看剧场外观，因为以我的英语水平，弄不好真会像陈源所嘲笑的，"看了不到半幕便睡着在座中了"。刚好外面下起瓢泼大雨，剧场里又正上演《李尔王》，如此巧合，倒让我对剧场的内部结构以及演出场景大感兴趣。这种带有观光性质的演出，门票五英镑，不算贵。正好幕间休息，观众们到大厅里喝咖啡，我等便乘机溜进去，仔细观察了一通，还

大英图书馆广场中间的牛顿铜像

拍了好几张照片。

前两天在书店里翻看剑桥大学出版社 1997 年出版的《莎士比亚环球剧场的重建》(*Shakespeare's Globe Rebuilt*),那书介绍的,正是此剧场的原先构造以及整个重建过程。书很有趣,可价格不菲（17.99 英镑），犹豫了一下,没买。读不懂英文的莎剧,却又对莎士比亚时代的剧场风貌感兴趣,真是不可思议。

第一次拜访大英图书馆,没见到什么珍藏,倒是看了一个好展览。这题为"大地的谎言：地图的隐秘生活"(Lie of The Land: The Secret Life of Maps)的专门展,真让我大开眼界。以前读《地图的力量》(*The Power of Maps*，丹尼斯·伍德著，王志弘等译，北京：中国社会科学出版社，2000)，对地图只显示经过选择的特征，而并非"客观""透明"，以及地图在传播知识、巩固权力方面的功能，均略有了解；为"学术史丛书"审读《西潮激荡下的晚清地理学》(郭双林著，北京大学出版社，2000)时，也对晚清西洋地理学知识及地图的传入感兴趣。可说实在话，没有直接面对那些五花八门、异彩纷呈的地图，只靠字面的陈述，冲击力并不大。置身于无数兼及文字与图像、符号与物质、神秘与实在的"地图世界"，你才体会到人类文明的"另一面"——另一只观察的眼睛，另一种思考的角度，另一种表述的方式。

引起我关注的，依然是"中国问题"。首先是"艺术家眼中的中国"，即 1840 年日本著名画家葛饰北斋（1760—1849）绘制的中国地图。此君虽也参考了不少图志，但因无法实地考察，只能凭借想象，绘制了这幅山川具形、色彩艳丽的地图。既是浮世绘，又有地图的功能，如此妙制，类似江户时代若干东海道绘图。至于那天在伦敦泰特现代艺术馆里见识的前卫作品——那幅以重要人物名字为站点组成的"地铁图"，则又是另一番景象，更接近一种思想史或文化史的"图解"。绘制此中国地图时，北斋年已八旬，署画狂老人；雕刻者则为江川仙太郎。有趣的是，在这幅五彩斑斓的地图上，有潮州，而没有清代中期便已迅速崛起的汕头。欣赏这明显不合史实与比例的地图，作为潮州人，我很得意。

另一幅是作于 1871 年的云南大理地图。也是彩色，四围群山同样出于国画笔法，很精细，且注明各山名称。中间的平地和城垣，包括四门洞开的大理城，还有城中的紫金城、大仓、参署和药局等，可就只好辅以文字说明了。城外部分，标明各地军营位置，此举隐约透露，该图的制作包含军事目的。略加辨析，不难发现，此图确实大有来头。那是 1872 年 6 月，占据大理的回民义军领袖杜文秀派使者从印度辗转来到伦敦，恭请维多利亚女皇出兵，帮助他们攻取京师，推翻清廷。此前，杜文秀等人已经进行了 17 年反抗清廷的斗争。献上这张地图和东南西北四角的石头和泥土，是象征性地将其"国家"献给了女皇。女皇谢绝了出兵的请求，但派人陪使者在伦敦游览，并支付了好几天的旅馆费。为这地图配画者，显然不熟悉中国的情况：题为《请拿走我们的国家》（*Please Take Our Country*），而跪献地图者，则更像是十字军战士。

自古以来，地图便有明显的政治、军事功能。记得"文化大革命"中，曾报道长沙马王堆出土西汉初年绘制的《地形图》，说那是世界上现存最早的地形图；同是在马王堆，还出土了《驻军图》。至于学文学的，最容易联想到的，除了《战国策》及《史记》中绘声绘色的荆轲故事，再就是晚清小说家曾朴撰写的《孽海花》。荆轲藏匕首于地图，秦王展图，图穷而匕首现；出使大臣金雯青错买了中俄地图，本意是"整理整理国界，叫外人不能占据我国的寸土尺地"（第十三回），未曾想到"一纸书送却八百里"（第二十回）。记得许地山在牛津大学留学时编录《达衷集——鸦片战争前中英交涉史料》（上海：商务印书馆，1931），其中也有自称"三山举人"的奸细，向"大英国胡夏米老爷"献"内河水图"，以换取进京赴考盘缠的故事。

第三幅值得评说的，则是一米半见方的大地图，出自明代人之手。这幅1644年金陵曹君义印行的《天下九边分野人迹路程全图》，上有"万国大全图说"："阅此图者，万国大全图也。先以太极生两仪，两仪生四象，四象变八卦，八卦化万物……"下有"天下两京十三省府州县路程"，记载各关镇至京路程，以及域外各国物产民俗等。两旁则是若干外国国情的介绍。不用说，中国居万国的中心，而且还占据3/4画面。左上角是欧洲，左下角是非洲，还有大西洋、地中海、红海等，可见已有西学的影响。右下角可就"天下大乱"了，有女人国、小人国、毛人国等，显然是从《山海经》那边得来的知识。

当初利玛窦首次将自己绘制的《万国舆图》展示时，因中国所占位置太小，且不在中央，引起中国读书人的强烈不满。为了传教的需要，利玛窦只好迎合中国人的趣味，修改原先的设计，"使中国正好出现在中央"。据说，这么一来，士大夫们"十分高兴而且满意"（《利玛窦中国札记》180—181页，北京：中华书局，1983）。曹君义印行的这幅《天下九边分野人迹路程全图》，显然已经完成了《万国舆图》的"中国化"过程。

旁边玻璃柜里，还陈列着一册18世纪朝鲜的刻本，打开的那页乃"天下图"。除了中国、朝鲜和日本，其他多为想象的国度，如小人国、巨人国、君子国、女子国、淑女国、不死国、一日国等，这些出入于《山海经》和《镜花缘》之间的国度，就分布在东亚三国的四周。如此天下观念，如此地理知识，今人看来，能不感叹嘘唏？

回想起来，我之痴迷地图，应该是在"史无前例"的"无产阶级文化大革命"中。先是红卫兵大串联，后是全国山河一片红，接下来是"亚非拉人民得解放"，一系列的政治论述，都需要广袤的空间意识的支持，地图成了我们那代人的游戏读物。有一阵子，朋友间流行一种智力游戏，随便说出一个国家或城市，比赛谁最先在地图上确定其位置。只是到了上山下乡，接受贫下中农再教育，知青们之阅读地图，方才成了寄托忧愤，排遣苦闷，表达思乡之情的无奈之举。

附记：

王树槐《咸同云南回民事变》（台北："中央研究院"近代史研究所，1968）第四章"变乱的平息"，提及杜文秀派使者赴英求援事，其中有这么几句简要的概述："（刘）道衡以文秀义子名义，率领杜文秀的外甥，及马来翻译一人，随从五人，于同治十年（1871）底到达缅甸，由英属印度政府之安排，经加尔各答至伦敦。刘在缅时虽受英人重视，但到伦敦则不然。和他接谈者仅是印度事务次官凯依。时北京已风闻此事，向英公使威妥玛抗议。威妥玛请英外部勿与杜文秀议约，因为清廷决不至放弃云南。于是英政府将刘道衡等遣归。"（305 页）

万历十二年（1584）广东肇庆知府王泮参照利玛窦悬挂的《坤舆万国全图》而制作的《山海舆地全图》，据说是中国人制作的第一幅世界地图。我在大英图书馆所见的这幅地图，123 厘米 ×123 厘米，木刻墨印，由 12 块板拼接而成，1875 年入藏伦敦的国家博物馆。李孝聪《欧洲收藏部分中文古地图叙录》（北京：国际文化出版公司，1996）对此图有如下评价："欧洲、地中海及非洲西南部的位置轮廓基本属实，南、北美洲分别置于右下、右上两隅。此画法首见于传统的中国全图，显然吸收了来华耶稣会士编绘的世界地图资料，属于坊间私刻售卖品。"（7 页）而北京图书馆善本特藏部舆图组所编《舆图要录》（北京图书馆出版社，1997），同样介绍曹君义的《天下》，称此图"为民间出版的一幅较早的世界地图"，"国外部分标注了欧亚非及南北亚墨利加各洲一些国家的名称，且图形简略，误差较大"（2页）。《舆图要录》收集了北图所藏6827种中外文古旧地图目录，但没有我在伦敦见到的大理地图或日本画家绘制的"浮世绘"地图。参观时就预料到这一点，还专门为后两者拍了照。可惜展台的玻璃反光，照片效果很不理想。

# 书籍的艺术

2001 年 8 月 10 日，星期五，晴

吃过午饭，赶往大英图书馆听免费的音乐会。海报上说，演出地点在图书馆前的小广场，演出形式是弦乐四重奏，演奏者来自专业乐团。等我们赶到时，演出早已开始，可还是很容易就找到了位子。因听众并不多，也就四五十人，且大都手拿食品或饮料，或坐或站，边听边用餐，大概是在图书馆里读书，累了，出来休息一会儿的。演出者显然已经习惯这种"很不严肃"的场面（想想北京音乐厅之禁止衣冠不整者入内），照样沉醉在音乐世界里。一时间，很是感动，也很是羡慕。

音乐会后，照原定计划，参观图书馆里的"书籍的艺术"展。这既是常设展，也包含题为"亚洲的书籍艺术"（Art of the Book in Asia）的专门展，二者混合。1454 年在德国美因茨（Mainz）由古登堡（Johannes Gutenberg）印刷的《圣经》，那是西方文明史上的宝贝，上回参观耶鲁大学图书馆时，已经领略过。此书在印

"亚洲的书籍艺术"
专题展导览

刷史上的意义不用说，我关注的是其花边装饰，尤其是圣像的精美。很多早期的《圣经》抄本，都是真正的艺术品，不愧为"书籍的艺术"。展品中，我最喜欢的是那册1400年英国人用拉丁文手抄的《圣经》，四周彩绘。画面上方和左右，随意布置着各种人物，位置很不规则。下方则是完整的一组画像，人物有大有小，但一笔也不苟简，其中再散落着若干文字。这样一来，画面被切割成若干区域，文字也就显得十分疏朗。此乃全开本，说明书上称其为"英国艺术史上的珍品"。

相比之下，出现于公元8—9世纪的大量《圣经》与《福音书》

哈佛大学 1983 年刊《中世纪后期及文艺复兴时期的插图抄本》

的抄本插图，丝毫也不逊色。像眼前的这一页福音书，单靠华丽的花体字，以及绚烂的色彩变化，便足以让读者"惊艳"。以前只知道中国书法是艺术，现在看来，只要苦心经营，洋文的书写同样具有艺术效果。而那一幅《圣经》插图，文字与图像并置，间以花草图案，五色缤纷，华丽生动，同样十分可观。

五年前，在美国哈佛大学图书馆，买到其作价处理的《中世纪后期及文艺复兴时期的插图抄本》(*Late Medieval and Renaissance Illuminated Manuscripts*, Cambridge: Harvard University, 1983)，大为得意了一阵。那书 16 开本，重磅铜版纸印刷，图像十分清晰，效果极佳。该书的主体部分，乃收录并介绍 50 种插图抄本。一面是图像，一面是文字说明，两相比照，特别适合于像我这样的门外汉阅读欣赏。说实话，我之所以对西洋插图抄本感兴趣，很大程度得益于此书。

名为"亚洲"，必须兼顾各国，因而，本该藏品丰富的中国书籍，展出的反而不多。最为难得的，当然还是印制于公元 868 年的《金刚经》。这出自敦煌莫高窟的经卷，因其有明确的制作年代，常被史家作为最早的印刷品及木刻画引证、论述，故为中外读者所熟知。比起常见的印刷品来，原件当然精美多了。可如此珍贵的经卷，搁在玻璃柜里，"犹抱琵琶半遮面"，既无法全部打开，更谈不上仔细把玩，难免让人望"书"兴叹。

在西洋图书部分，又见到了王尔德（Oscar Wilde, 1854—1900）。还是《莎乐美》，但这回是 20 世纪 20 年代的出版品，插图也并非出自比亚兹莱（Aubrey Beardsley, 1872—1898）之手，因而说不上精彩。认准比亚兹莱的插图最能传达王尔德作品的神韵，或许是出于个人的偏爱。因喜欢比亚兹莱而连带选购王尔德的书，如此举措，让王尔德在天之灵知道，肯定大为光火。据说，当初王尔德之所以不太喜欢比亚兹莱的插图，其中一个重要原因，就是被抢了风光——许多人都在谈论插画家，反而冷落了原作者，或者将其相提并论，这都让自尊心极强的王尔德很不舒服。对于这种尴尬的局面，中国人有个很恰当的说法，叫作"喧宾夺主"。

比亚兹莱（1872—1898）油画像

可反过来，插图做到这个地步，也就成了独立的艺术。

前两天在书店见到一本关于插图史的著作，*The Illustrators: The British Art of Illustration 1800-1999*（Chris Beetles Limited, 1999），其中第四章"世纪转折"部分，提及比亚兹莱，可所选三图，都不是我最欣赏的。这回不全是因价格昂贵（25英镑），而是翻阅了大半天，发现该书不太对我的胃口。此题目本来可以做得很精彩，可惜作者只是分不同时期，点评了200年来英国众多的插图画家，这样一来，必定流于蜻蜓点水。但有一点，两百年来英国插图史的大趋势，还是体现出来了。那就是，笔调日趋夸张，

比亚兹莱绘《莎乐美》插图

近乎漫画；另就是努力走出黑白世界，变得五彩斑斓。而这两点，都与比亚兹莱的颓废中潜藏着古典情怀迥异其趣。正因为"颓废"得太认真，太进入角色，显得有点固执与迂腐，因而也就有点反抗流俗的叛逆味道。在一个越来越浮华的世界，色彩占据了重要位置。就像日常生活中黑白照片被彩色胶卷打败一样，比亚兹莱黑白分明的线条，很难再征服今日的广大读者。书籍插图尚且如此，更不要说其在艺术史上的地位了。

对于病态的天才比亚兹莱，虽说郁达夫早就撰文介绍过，还有田汉的翻译《莎乐美》，鲁迅的编印《比亚兹莱画选》，但对我帮助最大的，还是叶灵凤的《读书随笔》一集（北京：生活·读书·新知三联书店，1988）。叶书中的《比亚斯莱、王尔德与〈黄面志〉》《郁达夫先生的〈黄面志〉和比亚斯莱》二文，以充满同情乃至激赏的笔调，来谈论这两位世纪末奇才，尤其是其传奇人生与恩怨情仇。其中提到20世纪60年代比亚兹莱在英国的再度流行，希望"能使得英美画坛从乌烟瘴气的疯狂世界中逐渐清醒，从怪异而趋向正常，再回复到现实的怀抱中来"（344页），实在不得要领。因为，在当时人看来，比亚兹莱也是"怪异"，与所谓的"正常"无缘。在某种意义上，所有的艺术创新，都是背离正常的"怪异"。但叶说得很对：

> 比亚斯莱的作品，虽是病态的，但他的线条和构图，却带有希腊艺术和东方艺术的浓厚影响，对当时伦敦画坛来说，是一种反叛和新的刺激。（344页）

其实，在20世纪二三十年代的中国，比亚兹莱曾风光一时。如鲁迅在《〈比亚兹莱画选〉小引》中，称只活了26岁的天才，"生命虽然如此短促，却没有一个艺术家，作黑白画的艺术家，获得比他更为普遍的名誉；也没有一个艺术家影响现代艺术如他这样的广阔"。把比亚兹莱誉为无可匹敌的"装饰艺术家"，还不如以下这段话，更能体现鲁迅"同情的理解"：

　　有时他的作品达到纯粹的美，但这是恶魔的美，而常有罪恶底自觉，罪恶首受美而变形又复被美所暴露。(《鲁迅全集》七卷338页，北京：人民文学出版社，1981)

叶灵凤早年模仿比亚兹莱画风，为书籍做插图，很受欢迎；为叶君这三册《读书随笔》做装帧设计的叶雨（范用）先生，看来也迷比亚兹莱，三册书的封面以及书中诸多图版，用的也都是比亚兹莱的作品。三年前，为北京大学出版社的"文学史研究丛书"做整体设计，我也曾为每书选一比亚兹莱的插图，嵌在封面中间作为装饰，效果也很不错。

　　这回伦敦读书，首先撞上的，也是这位病态天才。记得第一次去大英博物馆，在路边的旧书店里，发现了一册《比亚兹莱及其世界》(*Aubrey Beardsley and His World*)，1973年版，纸张和图版都不太好，有点犹豫。书后用铅笔标价，看不太清楚，不知是两英镑呢，还是20英镑。回到家里，放心不下，两英镑太便宜，20英镑又贵得离谱。第二天再走一趟，店主说，20英镑，绝无二价。一咬牙，不要了。

　　才过两天，就在牛津大街专门出售折扣新书的Waterstone's店，再次邂逅比君。安德鲁·兰波斯（Andrew Lambirth）编纂的《比亚兹莱》(*Aubrey Beardsley*, London: Brockhampton Press, 1998)不用说，就连《王尔德的邪恶智慧》(*The Wicked*

1998 年伦敦刊本
《比亚兹莱》

2000 年伦敦刊本《王尔德的
邪恶智慧》

*Wit of Oscar Wilde*，compiled by Maria Leach, London: Michael O'Mara Books Ltd. 2000），也都有众多比亚兹莱的作品穿插。另外，海伦·奥克森伯里（Helen Oxenbury）重新插图的《阿丽思漫游奇境记》（Lewis Carroll, *Alice's Adventures in Wonderland*, London: Walker Books Ltd., 1999），以及伊恩·坎宁安（Ian Cunningham）编纂的《文学家的伦敦》（*Writers' London*, Prion Books Ltd.,2001），也都是图文并茂，拿在手中，不忍放下。于是，统统收入行囊。

这还不算，又过了几天，在伦敦旧书铺最集中的切林克

1998 年纽约刊本《比亚兹莱》

拉斯路（Charing Cross Road），找到一家连锁性质的折扣书店 Bookcase，发现一大堆削价的画册。不知为什么，认定这里还会有关于这位早死天才的书籍。果然，苍天不负有心人，又见《比亚兹莱》，而且比我前些天买的还便宜，才售 3.99 英镑。不忍心让此等好书沦落天涯，索性再多买几本，带回去送朋友。更奇妙的是，这家书店里还有一册卡洛维·史蒂芬（Stephen Calloway）编写的 *Aubrey Beardsley*（New York: Harry N.Abrams Inc., 1998），是在香港印刷的。这部以画家生平为线索的研究著作，配有大量精彩的图片，比那"绝无二价"的《比亚兹莱及其世界》好多了。更重要的是，价格公道，只售 12.99 英镑。念及此，毫不犹豫地拿下。两种关于比亚兹莱的书，为何都是 1998 年出版？猛然间想起，那是比君逝世百周年纪念。再过百年，还有人为比君出书吗？我想，还是会有的，只是那时谁来捧场？

大英图书馆里展出的王尔德著作，插图者不是比亚兹莱，总让我感觉憋气。这当然是"非专家"的意见，但我相信，我的感觉是对的。这里说的，并非线条、造型等技巧性的东西，而是王尔德与比亚兹莱，一文一图，两位作者的气质如此匹配，互相默契而又各自独立，这种机遇，真的是千载难逢。

展厅的另一角是常设部分，陈列着若干作家的手稿。最有意思的，是十位著名作家的录音。诗人叶芝，小说家乔伊斯、伍尔夫等，都是自己朗读自己的作品；唯独 *Alice's Adventures in Wonderland* 的作者加乐尔，用的是配音。但加乐尔的原稿很有意思，书法十分工整不说，还有当初作者画的插图！

此次伦敦读书与买书，最得意的，除了比亚兹莱，就是《阿丽思漫游奇境记》。除了购得海伦·奥克森伯里女士插图的新作，上周在巴斯小城旅游时，还在书店发现了三种别的版本，特意挑选谭尼尔（John Tenniel）插图的那一种，只因当年赵元任翻译时，用的是这个本子。只不过赵译只有前集，缺了续集《镜里世界》（*Through the Looking-Glass*）。

赵译《阿丽思漫游奇境记》，上海商务印书馆 1922 年初版；

谭尼尔绘《阿丽思漫游奇境记》插图

这回从亚非学院图书馆借来的，是 1939 年国难后第四版。中译本开篇，题以孟子"大人者，不失其赤子之心者也"，一下子将儿童读物上升到哲学高度来认识。赵元任的《译者序》很有意思，首先称"在英美两国里差不多没有小孩没有看过这书的"，而这世界上的大人，又都是由小孩长成的，可见此书影响之大。其次说，这书既是笑话书，也是哲学和伦理学的参考书。接下来，便是我很在意的"这原书里 John Tenniel 的插画的名声是差不多和这书并称的"（中译本第 1、3、7、27 四幅乃出自别的画家之手）。因此书在英美世界多有续作与仿作，赵元任于是断言："以后也说不定还会有《阿丽思漫游北京记》呢。"中文世界里，我所知道的"阿丽思"，乃出自大作家沈从文之手——只可惜《阿丽思中国游记》不算成功之作。至于其他国家的阿丽思，我是在访问牛津时才略有见闻。

赵元任说他译此书，是在做几项实验，主要是语言以及白话文学。《凡例》十二则中，特别值得注意的是"语体"和"翻译"二则。前者称，应该活用方言和俗语；后者则说，为了达意，只好稍微牺牲点准确性了。可对照阅读，发现赵先生还是相当忠实于原著的。只是读到第80页，看阿丽思说"我倒没有知道歙县的猫总是那么笑的"，你很可能掩卷而笑——这肯定是在打趣老朋友胡适。因歙县与胡适的老家绩溪同属徽州，而适之先生又是如此喜欢谈论"我们徽州人"。1924年1月15日，胡适写了一首《小诗》：

> 刚忘了昨儿的梦，
>
> 又分明看见梦里那一笑。

接下来的自注，引用赵译《阿丽思漫游奇境记》，特别指点那"猫"及其"留了好一会儿才没有"的"笑脸"。这只大有来头的"歙县的猫"，在赵译本第87页、121页又再三出现，但除了命名，没有什么越轨行为。而第160页"龙虾的跳舞"章的结尾部分，为了表现清风里送来四句打油诗"半夜起来喝面汤……"，是如何"越

多基孙与孩子们在一起

听越远"的，四行诗的字体依次递减，越排越小。这准是喜欢实验的赵先生所弄的"先锋艺术"。

笔名路易斯·加乐尔（Lewis Carroll）的牧师和数学教师多基孙（C. L. Dodgson，1832—1898），原在牛津大学任教。访问牛津时，朋友还专门带去多基孙——不，加乐尔任教的学院。可惜那天下雨，隔着学院紧闭的大门，没看到什么激动人心的人物或风景。遥想当年，加乐尔坐在夕阳下的草地上，为阿丽思讲述神奇的童话，那情景至今还很令人神往。虽然也读到过加乐尔乃恋童癖这样的翻案文章，就好像原版的格林童话是否血淋淋，这样的争论基本只局限在学界内部。对于一代代读者来说，《格林童话》和《阿丽思漫游奇境记》已经成了其生命历程、精神体验以及文化传统的重要组成部分，即便你能确证加乐尔道德有亏，阿丽思依旧是各国充满好奇心的儿童，以及"不失其赤子之心"的大人们阅读欣赏的最佳对象。基于此，我很能理解大英图书馆的安排——单就文学成就而言，加乐尔确实无法与叶芝、乔伊斯、伍尔芙等比肩，但要说读者的数量以及作品的影响力，前者很可能还更胜一筹。

蒙蒙细雨中，走过加乐尔教书及写作的教堂，也算人生奇遇。边走边聊，话题自然围绕阿丽思以及童话的功能展开——陪我们游牛津的 D 教授，刚好就是从事童谣及民俗研究的专家。走着走着，转到在英国名气很大、旅游书上都有介绍的黑井（Blackwell）书店。书店的门面很不起眼，建筑采用下沉式样，每层逐渐缩小，一直缩到地下五层。这样一来，书店里用来展示书籍的总面积也相当可观。

真没想到，黑井书店的入口处，竟然有一个加乐尔与阿丽思的图书专柜！一开始很高兴，看一本，要一本，随着阿丽思忽东忽西，满世界"漫游"，真是开心。可书越拿越多，多到你对自己的判断力产生了怀疑——这么些漂亮的儿童书，是否真的值得你大把花钱？如此成群结队、蜂拥而至的"阿丽思"，真叫我无所适从。临出门时，干脆全部放弃。

事后想想，不该如此赌气，万里迢迢，就算选错了，也没什么，总比那些一回家便束之高阁的旅游纪念品有意思。妻子笑着说，如此"意气用事"，都是最近读多了儿童书的缘故。还是妻子精明，心无旁骛，就要那儿时念过的《鹅妈妈的童谣》(*Mother Goose's Nursery Rhymes*, Robert Frederick Publishers Ltd., 2000)；不用说，也还是看中了那烫金的书口与彩色的插图。


附记：

回到北京，实在不服气，于是发电子邮件，托即将归国的 D 教授，到黑井书店买回一册《路易斯·加乐尔与阿丽思》(*Lewis Carroll and Alice*, London: Thames and Hudson Ltd., 1997)。此书包含大量加乐尔的生平资料及照片，还有众多《阿丽思漫游奇境记》的插图，加上印刷极为精美，闲来把玩，大为开心，仿佛回到童年。

1922 年，周作人曾撰文分别两类性质不同的童话：一是"诗人的诗"，一是"儿童的文学"。前者可以王尔德为代表，后者则有加乐尔、安徒生等。后者无疑更适合儿童的趣味，前者则以成年人为拟想读者（《自己的园地·〈王尔德童话〉》）。我想补的是，即便加乐尔专为儿童撰写的童话，同样值得大人们不时翻阅。

去年教师节，有学生送我圣埃克苏佩里的《小王子》，说是希望老师永远像个"大孩子"。能让阅读者的心态永远年轻，这大概就是童话书长销不衰的缘故吧。

那天上爱丁堡旅行，乘夜车回伦敦，车子晚上10点才启行。外面下着雨，还有将近三个小时不知如何打发。正发愁，以为"无路可走"，忽然发现王子大道上别的商店都关了门，唯独书店仍在营业。一头扎进去，既避雨，又耗时，还多少有点收获。真没想到，书还不少，而且大都降价。当即选中了《王尔德作品集》（*The Works of Oscar Wilde*, Leicester: Abbeydale Press, 2000），当然是兼及为之插图的比亚兹莱。另外，顺手买了三册分别收集17至18世纪、19世纪、20世纪情色艺术的 *Erotica: 17th-18th Century, Erotica: 19th Century, Erotica: 20th Century*（Taschen，2001）。这套书由吉勒·内雷（Gilles Neret）编选，刚刚同时在科隆、伦敦、马德里、纽约、巴黎、东京等地出版发行。如此架势，足见可俗可雅的情色之书，实在难以禁绝。书中也收有比亚兹莱的作品，正是叶灵凤所说的当初引起争议、复出时又遭查禁的"尤物"。

没料到，此次伦敦行，一开始就碰上那代表世纪末思

1997 年伦敦刊本《路易
斯·加乐尔与阿丽思》

潮的王尔德与比亚兹莱，而且多有纠葛，从插图艺术一直到
颓废与色情。世纪初与世纪末，怎么全搅在一起？可见所谓
的"世纪叙事"以及"历史规律"，不无可疑处。或许，人
心本就不平静，流氓与绅士、颓废与昂扬、情色与圣洁，乃
至世纪末与世纪初，都共存一体，就看你如何理会与施展。

临出门时，问了一句：书店何时关门？售货员答曰：凌
晨一点。一听这话，很是感动，走回去，又多抓了几本书。

## 附录一：作为旅游纪念品的"福尔摩斯"

　　地铁出口处，站立着真人大小的福尔摩斯铜像，旁边是打扮成福尔摩斯模样的瘦高男子，衔着早就熄灭的烟斗，与游人合照，同时分发名片——当然是大侦探福尔摩斯的名片。

　　其实不必看名片，我们也都知道"老福"的工作地址，不就是贝肯街 221 号吗？转过街角，不用询问，看商店和人流，就知道哪儿是福尔摩斯博物馆（The Sherlock Holmes Museum）了。这博物馆很不规矩，左边是 237，右侧是 241，按说该轮到 239 号吧？为了与小说描写吻合，而又不破坏伦敦的市政管理，此幢建筑竟然特别申请了个 221B。

　　真是"假做真时真亦假"，作为文学人物的福尔摩斯，居然也有了"故居"，而且可以堂而皇之地建立起"博物馆"。不用说，此博物馆的建立纯属旅游事业，跟文学批评基本无涉。门口购票，6 英镑。不远处规模巨大的图索德夫人蜡像馆，门票也才 11 英镑。读晚清以降的海外游记，从王韬的《漫游随录》、郭嵩焘的《伦敦

"福尔摩斯名片"

与巴黎日记》起，几乎每位访问伦敦的中国人，都对此"栩栩如生"的蜡像馆感兴趣。一看门口的长队，加上过于滥俗的名声，决定人取我弃，转而选择此国人不太了解的福尔摩斯博物馆。

门口笔挺地站立着19世纪打扮的"伦敦警察"，既守门，也当道具，不时与游人合影。上了楼梯，场景变得十分熟悉。书房里，旧沙发和小凳子上随意摆放着福尔摩斯的帽子、烟斗和放大镜等，游人至此，多半会拿起道具，嘻嘻哈哈地照相留念。书桌前，搁着那个时代的百科全书，还有小说中常常提到的针盒、药箱等。向来爱读侦探小说的夏君，逐样摆弄着各式道具，兴致盎然。

转过堆放着衣服等杂物的卧室，来到面街的客厅，那里布置着各种福尔摩斯和华生的用品，也有小说中经常出现的那把藏在书中的左轮手枪。当然，最吸引我的，还是签名本和世界各地来信——自然是馆方精心挑选出来，希望游客翻阅的。来信以欧美居多，日本也有不少，至于寄自中国的，好不容易才翻到一封。那是湖北咸宁市咸高三年级六班的WU QI写给福尔摩斯的英文信。信不长，大意是说，你总惩罚世界各地的犯罪分子，是我心目中的大英雄；如能复信，那将是我的最大幸福。信上没有日期，馆方专门加了个注：此信1995年1月23日收到。不知道这位现在大概已经大学毕业的朋友，是否如愿以偿，收到了福尔摩斯先生的回信。据说，博物馆雇有专人，模仿福尔摩斯的语气，并以其名义，给世界各地的"福迷"回信。

以中国读者对于福尔摩斯的巨大热情——翻检《新编增补清末民初小说目录》（樽本照雄编，济南：齐鲁书社，2002）和《民国时期总书目·外国文学》（北京：书目文献出版社，1987），不难明白这一点——仅仅一封来信，未免太少了。况且，受英文水平的限制，WU QI君的来信过于严肃，不若这里展示的美国来信好玩儿。那美国小男孩真有主见，除表达敬意外，还希望有朝一日福尔摩斯来美国办案，他能够提供协助。因为，此君自认为对破案很有研究，"尤其是涉及恐龙和鱼类方面，我有专长"。想想也是，小说家确实没提到福尔摩斯是否懂得恐龙的生活习性。除

大街口矗立着
福尔摩斯铜像

了这些装在塑料夹里的来信，还有若干近年的实寄封。看来所谓的"世界各地来信"，并不像想象中的那么踊跃。其中一波兰九岁女孩的求援信，最让我动心：她的红钢笔丢了，不知是谁作的案，希望福尔摩斯叔叔前来侦破。

客厅的墙上，贴着 1888 年 9 月 30 日伦敦警察局的告示，还放着一份 1889 年 12 月 30 日的《泰晤士报》。一切都是为了营造氛围，让游客进入百年前的情景。如此制作，目前国内已颇为流行。记得前些年北京一家专供知青怀旧的饭馆"向阳屯"，便满墙贴着"文革"期间的报纸或标语。至于买一张出生那天的旧报纸做纪念，

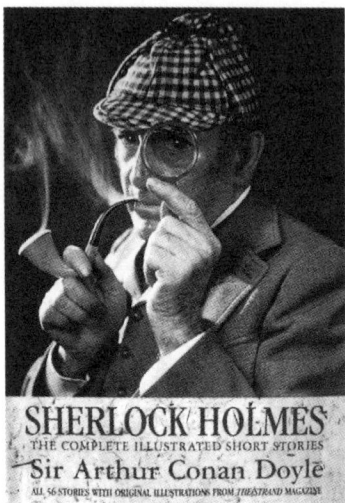

2000 年伦敦刊本《夏洛克·福尔摩斯》

似乎也是这一两年才兴起的时尚。

　　二楼还有一个房间，摆着一组塑像，忘记是哪篇小说里的情景。主要的蜡像，陈列在三楼。蜡像群分成好几组，一看造型，熟悉福尔摩斯故事的 A 君，当即指认，这是《伪乞丐案》，那是《巴斯克维尔猎犬》，还有一个出自《铜山毛榉》。蜡像塑得很好，十分逼真，据说一点不比闻名遐迩的图索德夫人蜡像馆逊色。不过，到底是根据历史文献或现实人生塑造的蜡像真实呢，还是依据文学作品驰骋想象得来的精彩，这得看你的欣赏趣味，还有对于"真实"一词的理解。

底层除开楼梯，其余部分辟成"出售福尔摩斯"的商店。你能想象得到的纪念品，如书籍、衬衣、茶杯等，应有尽有，只是价格不菲。小小一册《福尔摩斯语录》，3.5英镑；福尔摩斯三件套——帽子、围巾和大氅，则是450英镑。同游的Y君看中了福尔摩斯的帽子，一看价值25英镑，只好作罢。选来选去，只有那包含全部56个短篇的《夏洛克·福尔摩斯》（*Sherlock Holmes*，London: Chancellor Press, 2000），插图精美，价格也能接受。

捧着实实在在的一大厚册，这才想起，谈了大半天夏洛克·福尔摩斯，竟然忘了其创造者柯南道尔（Arthur Conan Doyle，1859—1930）。要说"杀死作者"，没有比《夏洛克·福尔摩斯》更精彩的例证了。有趣的是，在这个案例中，脱离了作者的"福尔摩斯"，并没有成为批评家案头分析的"纯文本"，而是变成了旅游业者念兹在兹的"纪念品"。

2002年9月13日于台大客舍

附录二：作为"绣像小说"的《天路历程》

在晚清的教会读物中，大英长老会传教士宾为霖（William Chalmers Burns，1815—1868）咸丰三年（1853）传教厦门时所译《天路历程》，影响极为深远。19世纪下半叶，《天路历程》的中文译本，是直接根据咸丰三年（1853）版刊印的，起码有1856年的香港本、1857年的福州本、1869年的上海美华书馆本。此外，香港中华印务总局1873年的"官话译本"和华北书会1892年的"官话译本"，以及小书会真堂1883年刊本，因无缘寓目，不能肯定依据的是前期还是后期的译本。伦敦大学亚非学院图书馆所收藏的《天路历程土话》，羊城惠师礼堂同治十年（1871）镌刻，此前未见任何书目著录，自然引起我的极大兴趣。更精彩的是，此粤语本《天路历程》包含30幅插图，用宣纸精心印制，单独装订，与其他五卷正文（各卷分别为25页、26页、26页、29页、28页）合成一函。

羊城惠师礼堂刊本，除抄录咸丰三年的原刊序外，还有一《天

同治十年（1871）羊城
惠师礼堂刊本《天路历
程土话》

路历程土话·序》，对该书的特色及来龙去脉，作了相当清晰的交
代。由此序言，我们也可得知，宾先生在北京修订《天路历程》时，
不只是词句修饰，还包括详尽的注解。此序极为重要，值得全文
抄录：

    《天路历程》一书，英国宾先生，于咸丰三年，译成
中国文字，虽不能尽揭原文之妙义，而书中要理，悉已显
明。后十余年，又在北京，重按原文，译为官话，使有志
行天路者，无论士民妇孺，咸能通晓，较之初译，尤易解

识。然是书自始至终，俱是喻言，初译无注，诚恐阅者难解。故白文之旁，加增小注，并注明见圣书某卷几章几节，以便考究。今仿其法，译为羊城土话。凡阅是书者，务于案头，置《新旧约》书，以备两相印证，则《圣经》之义，自能融洽胸中矣。是书诚为人人当读之书，是路诚为人人当由之路。苟能学基督徒，离将亡城，直进窄门，至十字架旁，脱去重任，不因艰难山而丧厥志，不为虚华市而动厥心，则究竟可到郇山，可获永生，斯人之幸，亦予之厚望也。爰为序。

同治十年辛未季秋下旬书于羊城之惠师礼堂

改方言，加译注，无疑使得此土话本更容易为广州地区的读者所接受。可我更关心的是，这些插图的制作，以及背后蕴涵的艺术及文化观念。

首先需要了解的，是镌刻此书的羊城惠师礼堂。1874 年 5 月 23 日的《教会新报》上，有一则"教事近闻"，提及同治十三年（1874）二月十三日伦敦教会新造福音堂开堂，前来祝贺的有广州、佛山、香港等地的伦敦会、惠师礼会等。其中，羊城惠师礼会敬送的联语，被放在第一位：

操赏罚之全权福善祸淫宇宙间惟一主宰；

擅斡旋之妙术救灵赎罪古今来绝大工夫。

惠师礼会属于新教的卫斯理宗（或称卫理宗、循道宗，Methodist Church），由英国神学家约翰·卫斯理（John Wesley，1703—1791）所创立。1847年起，循道宗的各会开始在中国传教；而惠师礼会也于1852年创设于广州。6卷258号的《教会新报》（1873年10月25日）上，还有一则《为斯利教会略节》，介绍截止到那时，惠师礼会在华传道的情况：

> 自耶稣降世一千八百五十七年，本会始入中国。先于广东、福州，继至武昌、汉口、黄州等处，共设大礼拜堂四座，小礼拜堂八所，外国传道牧师十一位，外国医士一位，中国宣讲圣道先生七位，而男女老少教友计一百七十八人。又，已经列名未受洗者，有一百二十人。各处设立学堂十三馆，教书先生十五位，男女学生共三百八十六名。其中西各教师姓名，俟该会后首开来，亦可列报。

而据《中华基督教各宗派述略》（《中华基督教会年鉴》（1914）17页，中华续行委办会编辑，上海：商务印书馆，1914），基督教在华传道有百余会，约分为八宗，各宗各会有各自的工作重点：

> 惠师礼会于一千八百五十二年来华，在湖南、湖北、广东三省布道，华牧十人，西教士一百一十一人，华传道

三百八十二人，教友六千四百人。

比起同宗的美以美会教友四万一千，或者长老宗教友十万一千，惠师礼会的规模显然不大。至于其刊刻书籍的成绩，更是很不显眼。

同样收入 1914 年《中华基督教会年鉴》的《中华圣书译本及发行考》，提及中国境内发行《圣经》及相关读物的主要机关，总共有 12 处：除规模最大的广学会外，还有上海的圣教书会、汉口的圣教书局、重庆的华西圣教书会、天津的华北书会、广州的浸信会印书局、广西梧州的宣道书局、上海的美华书馆、上海的华美书局、宁波的三一书院、上海的基督教青年会组合编辑部，以及上海浸会大学的通俗教育社。而后世研究者数落"中国基督教新教的出版、发行机构"时，洋洋洒洒三十几处，也都没有任何羊城惠师礼堂的痕迹。

可就是这么一个不太被史家关注的羊城惠师礼堂，竟然留下这么一部图文并茂的"长篇小说"。之所以强调《天路历程》是最早介绍到中国的英国长篇小说，乃是有感于此前学界对这部作品的"误读"——只将其作为"宗教读物"来欣赏。撰写《二十世纪中国小说史》第一卷时，我没有将其纳入视野，是一个失误；众多翻译文学史、文化交流史等，也都漏过了这极为重要的一页，实在不应该。韩南先生（Patrick Hanan）的精彩论文《谈

第一部汉译小说》(陈平原等编《晚明与晚清：历史传承与文化创新》452—481页，武汉：湖北教育出版社，2002)，让我们知晓英国作家利顿(Edward Bulwer Lytton)的《夜与晨》(*Night and Morning*)如何被译述成《昕夕闲谈》，并连载于1873—1875年上海的月刊《瀛寰琐记》上。但在《昕夕闲谈》问世前20年，"世界文学名著"《天路历程》早已登陆中华大地。问题在于，后者基本上由教会刊刻，在教友中流通，不被作为"长篇小说"阅读。

这一漠视《天路历程》文学价值的状态，持续了很长时间——尽管学界中不乏知音。比如，周作人很早就注意到此书的文学性，在1919年出版的《欧洲文学史》第三卷第二篇中，有十分精彩的评价：

> (班扬)狱中作《天路历程》(*Pilgrim's Progress*)，用譬喻(Allegory)体，记超凡入圣之程。其文雄健简洁，而神思美妙，故宣扬教义，深入人心，又实为近代小说之权舆。盖体制虽与 Faerie Queene 同，而所叙虚幻之梦境，即写真实之人间，于小说为益近。

20世纪20年代以后，在大学的"欧洲文学史"课程上，《天路历程》其实已经获得不少赞美；可一般读者依旧不太认可其文学价值。一个突出的例证是：20世纪前半叶，"世界文学名著"大量涌入中国，唯独不见《天路历程》的身影。这一状态，与晚清宾先生译本之一枝独秀，形成极为鲜明的对照。20世纪30年代后期，终于有了谢颂羔的译本，不过是由上海广学会刊印；也就是说，依旧作为宗教读物来接纳。谢颂羔的译本日后在香港等地由教会不断重印，颇有影响。直到最近30年，局面方才大为改观，中文世界里突然冒出近20种《天路历程》新译本（包括改写本或绘图本），而且，大都是将其作为"世界文学名著"来译介的。在众多晚清翻译小说"风流云散"的今日，《天路历程》反而重新屹立在普通中国读者的书架上，这种现象，不能不促使我们认真反省，此前对这部小说的解读，是否包含太多的偏见。

讨论这个问题，必须回到历史情境，首先追问，晚清读者在接纳《天路历程》时，是否只将其作为宗教读物阅读？《天路历程土话》的发现，起码让我们意识到，当年广州的读者，确有将此书作为"长篇小说"来欣赏的倾向。这一点，从该书30幅插图的经营上，可以清晰地看出。

《天路历程土话》的30幅插图，各有四字标题；而将诸题集合起来，便是完整的故事梗概。这里先抄录三十画题，再讨论其如何借用图像进行叙事：

一、指示窄门；二、救出泥中；三、将入窄门；四、洒扫尘埃；

指示窄门（《天路历程土话》插图）　　救出泥中（《天路历程土话》插图）

　　五、脱下罪任；六、唤醒痴人；七、上艰难山；八、美宫止步；

　　九、身披甲胄；十、战胜魔王；十一、阴翳祈祷；十二、霸伯老王；

　　十三、拒绝淫妇；十四、摩西执法；十五、唇徒骋论；十六、复遇传道；

　　十七、市中受辱；十八、尽忠受死；十九、初遇美徒；二十、招进财山；

　　二十一、同观盐柱；二十二、牵入疑寨；二十三、脱出疑寨；二十四、同游乐山；

二十五、小信被劫；二十六、裂网救出；二十七、勿睡迷地；二十八、娶地畅怀；

二十九、过无桥河；三十、将入天城。

如此标题设计，突破原作的体制，类似章回小说的回目，与插图之追摹"绣像小说"，恰好互相呼应。不管是宾的官话译本，还是羊城的土话译本，都只有"卷"而没有"回"。将"五卷书"改写成"三十回目"，依据的当然是章回小说的眼光。

从"指示窄门"到"将入天城"，30个场面环环相扣，囊括了这部小说的基本内容。单就基督徒行走天路这一主要情节线而言，几乎没有什么大的遗漏。仔细把玩这30幅图像，读者便已大致领略这部小说的精髓。这其实正是中国"绣像小说"的传统——图像本身具有某种独立性，而不止是阐释某些经典性的场面。将图像单独刊刻装订，而不是夹杂在文字中，有排版方面的考虑，但客观上使得其具有独立叙事的功能。刊行《水浒传》《金瓶梅》《红楼梦》的版画集，不止可以观赏精美的图像，同时也是在进行另一种叙事。

这一点，对照西洋的插图本，可以看得很清楚。在约略同时期出版的英文本《天路历程》中，我找到三种附有精美插图者，用来与《天路历程土话》相比较。这三种本子分别是：

A)  *The Pilgrim's Progress*, London: George Virtue,1845.

B)  *The Pilgrim's Progress*, London: Ingram,Cooke,1853.

C)  *The Pilgrim's Progress*, Chicago: R.S.Peale,1891.

为方便叙述起见，以上三个本子，分别以 A 本、B 本、C 本指代。三个本子中，插图最多也最为精彩的，是 C 本。但不管是哪个本子，图像都是夹在文字中，主要承担阐释，而不是叙述的责任。故何处该有图，是全景还是特写，没有一定之规，画家可以随意点染。倘若将其合刊，不构成完整的叙事。

　　而因为追求"独立叙事"，主要情节不能取舍，《天路历程土话》的插图，因此不能不删繁就简，去掉若干小说中摇曳的笔墨以及旁枝末节。作为"故事"，如此线索清晰，面面俱到，比较容易阅读；作为"宗教读物"，如此集中笔墨，突出求道的决心，更是正中下怀；而作为"长篇小说"，去掉关于世态人情以及生活场景的精细描写，"天路"未免过于单调。当代中国的文学史家，在提及《天路历程》的贡献时，都会提及其寓言手法，以及对于现实生活的精细描摹，甚至将作者断为 18 世纪写实小说的创始人（参见王佐良《英国散文的流变》53 页，北京：商务印书馆，1994；李赋宁总主编《欧洲文学史》第一卷 337—338 页，北京：商务印书馆，1999）。不管这种论述是否能被学界广泛接受，《天路历程》中"浮华镇"的描述，确实非常精彩。而 A、C 两个本子的插图画家，正

1891 年芝加哥刊本《天路历程》插图

1845 年伦敦刊本
《天路历程》插图

是在此处大为用力，显示自家才华。至于广州的画家，则对这种场面毫无兴趣，因其与故事进展关系不大。

更能显示中国画家阅读趣味的，是小说的开篇。《天路历程土话》从"指示窄门"说起，这明显不符合原书的意图。原作是这样开始叙述的（采用咸丰三年版）：

> 我行此世之旷野，遇一所有穴。我在是处偃卧而睡，睡即梦一梦。梦见一人，……

正是顾虑中国读者不习惯第一人称叙事，宾才专门为《天路历程》作序，称此书乃本仁狱中所撰，特点是"将《圣经》之理，辑成一书，始终设以譬词，一理贯串至底"。既是寓言体小说，便不可处处坐实，尤其是第一人称叙述者以及众多象征物：

> 至于人名、地名，非真有其人其地，亦不外假借名目以教人识真伪耳。读者自当顾名思义，不以词害意可也。即如首卷首行所云，"我"者，本仁自谓；"岩"者，比囚狱也；睡中之梦，比静中之思也；一人衣破衣，比世人有罪无功；面转室而他视者，是欲背世俗而向天理之意也；背上有大任，言世人身任多罪，如负一大任也。

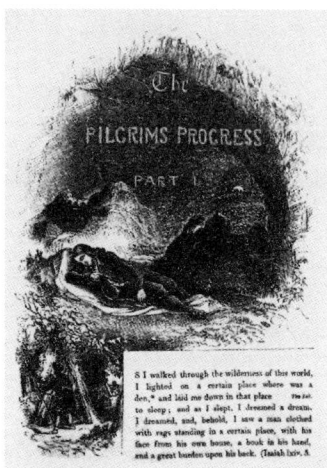

1845 年伦敦刊本《天路历程》插图

1853 年刊本《天路历程》
所附 1681 年版插图

既要说明作家"本仁"实有其人，又得厘清作者与叙述者的关系，这种纠缠，显然让晚清读者感到困惑。最简单的办法，莫过于干脆删去叙述者"我"，直接从那位即将行走天路的基督徒说起。

有趣的是，这一被中国画家/读者过滤的"梦境"，却是西方画家及读者十分看重的。A 本的插图，上面是"偃卧而睡"的叙事者，左下角才是即将行走天路的基督徒。B 本同样以叙事者的酣然入睡开篇，而且还附有一幅 1681 年版的插图——主体部分是叙事者，两位行走天路的男女主角分立上下方。至于 C 本，背景略有差异，但叙事者同样必须入梦。此本甚至首尾呼应，在前集

1891 年芝加哥刊本
《天路历程》插图

《天路历程》的结束处，添上一幅叙事者揉眼伸腰，刚从梦中醒来的模样。

中国画家并不缺乏表现梦境的技法，不管是《西厢记》还是《水浒传》，为其配图的画家，都会精心制作梦境画面。表现白日做梦、离魂还魂、死生相易、阳赏阴报、逍遥冥想等不同时空意象的交错，这在中国版画中，是手到擒来的。那么，为什么《天路历程土话》的插图作者，必须舍弃这个叙事者呢？这只能从小说史而不是美术史来寻找答案。关于古代中国文言小说与章回小说不同的叙事方式，以及晚清以降"新小说"家如何接纳西方第一人称叙事技巧，我在《中国小说叙事模式的转变》中已经有所论述，这里不再赘言。在我看来，为《天路历程土话》插图的画家，明显是将此书作为"章回小说"来阅读，并按照"绣像小说"的传统，为其制作具有某种独立叙事功能的"系列图像"。

用"绣像小说"的传统来诠释及表现《天路历程》，其中的故事聚焦、人物造型、场景刻画，以及具体的线条、构图等，都会出现许多耐人寻味的变异。此类问题，需要从艺术史方面做进一步探讨；这里只是从一个特定角度切入，在"宗教读物"之外，钩稽晚清可能存在的另一种阅读《天路历程》的方式——兼及"小说接受"与"图像叙事"。

在文化传播的过程中，接受者同样有其主体性。并非你送什么，我就读什么——单说晚清教会出版的读物成千上万，这还不够；关键在于哪些被中国人所接受，并在随后的政治或文化实践中发挥作用。谈影响，自然偏于"成者为王"——《万国公报》之所以声名显赫，不就因为直接影响了康梁等维新派的政治设计？可还有另一种阅读思路——追究为什么某部名著、某种思想、某一技法不被那时的中国人所接受。这样做，或许也会有令人惊喜的发现。"世界文学名著"《天路历程》长期不为"文学青年"接纳，这本身就是个不太好解的谜团；如今再添上一个变数：画家在插图时，不自觉地将其转化成"绣像小说"，这里所隐含的奥秘，更是值得深究。

1853 年伦敦刊本《天路历程》插图

战胜魔王（《天路历程土话》插图）

1845 年伦敦刊本《天路历程》插图

接受者依据自家口味，来选择、阐释、扭曲、再创造"外来文化"，这一点，学界早有论列。有趣的是，比起文字作品，图像的自根性似乎更明显。《天路历程土话》中的图像，从人物造型，到服饰、建筑、器具等，几乎全部中国化。除了十字架等个别细节，你基本上看不出所阐释的是一部英国小说。图像叙事的独立性，在这里得到更加充分的显示。单是并置《天路历程土话》中的"战胜魔王"，以及英文《天路历程》A本、B本对于同一情节的表现，你对"图像叙事"中种族以及文化的制约，当会有更深刻的体会。倘若是科技知识或时事报道，过多借用传统意象，会造成理解上的障碍；但传教士关心的是阅读者的"心路历程"，至于故事以及人物，本来就只是借以寄托意义的"寓言"。与此相类似，文学艺术的接受与科学知识不同，"直译"不一定是非采纳不可的最佳方法。真正在20世纪中国思想（文化、文学、艺术）史上产生作用的，往往是并不怎么准确的阅读。

癸未大年初六，爆竹声犹在耳，删繁就简于京北西三旗

# 附录三：说不完的《点石斋画报》

　　近年对图像与文字之间的关系感兴趣，尤其关注清末民初的画报。于是，就像傅斯年所说的，开始"上穷碧落下黄泉，动手动脚找东西"。十几年前，我曾写文章抱怨，中国学者在利用公共图书馆方面的艰难，远在外国学者之上。以前是出于友好，现在则是为了金钱，国内图书馆的某些特藏，似乎更容易向外国学者开放。做学问的人都明白，图书馆里的东西不比拍卖行里的字画古玩，并无公认的"价值"，珍贵与否，取决于研究课题的需要。我所利用的，并非出土文献或汉唐珍宝，大都是晚清以降的资料，按理说该比较容易到手。其实不然。正因长时间不入方家之眼，图书馆也未刻意收集，寻访起来反而更加困难。不知线索倒也罢了，最苦恼的是，明知天下有此物，却因"不可抗拒的原因"而无缘目睹。

　　相对来说，国外图书馆在公开性以及服务意识方面，比国内图书馆好多了。只要了解何处入藏，而你又能找到合法途径，便

1884 年 5 月创刊于上海的
《点石斋画报》

不难如愿以偿。说实话，我之所以敢做晚清画报研究，跟近年有较多出国访书的机会不无关系。已出版的两种小书《点石斋画报选》（贵阳：贵州教育出版社，2000）与《图像晚清》（天津：百花文艺出版社，2001），便利用了我在美国哥伦比亚大学东亚图书馆、日本东京大学东洋文化研究所、德国海德堡大学汉学研究所、法国法兰西科学院远东图书馆，以及香港大学冯平山图书馆等处寻访到的零星资料。

　　有幸探访《申报》及《点石斋画报》的创办者英国人美查（Ernest Major）的故乡，自然对访求相关资料寄予很大希望。创刊于 1884 年 5 月，终刊于 1898 年 8 月的《点石斋画报》，15 年间，共刊出四千余幅带文的图画，这对于今人之直接触摸"晚清"、理解近代中国社会生活的各个层面，是个不可多得的宝库。类似的话，我说了不止一遍。遗憾的是，到目前为止，我还没有见过全套的初版本——目前坊间通行的各种版本，或只有原作的十分之一，或依据复制本重刊，故难觅初刊时的封面、广告以及附录。对于研究者来说，后者所隐含的丰富的出版信息，并非可有可无。好在《点石斋画报》当初名气很大，各大图书馆多有收藏，不妨四处访读。

这回的英国访书，最有收获的，当属伦敦大学亚非学院图书馆。出乎我意料，大英图书馆入藏的《点石斋画报》相当有限，倒是主持其事者得知我兴趣所在，搬出十几种刚刚收得、尚未登记上架的绣像小说及画谱，其中包含三函《点石斋画报》，让我大为感动。亚非学院则不一样，所收《点石斋画报》数量可观，且多系保存完好的初刊本，在我拜访过的国内外图书馆中，首屈一指。更有意思的是，每页上有用铅笔书写的英译。译文虽简要，却是读过图中数百字短文后所做的撮述，而并非直译标题。看得出来，译者一开始工作很认真，译文的句子很长；但随着时间的推移，译者逐渐失去耐心，句子越来越短，最后竟成了短语或单词。

1884 年出版的《点石斋画报》乙十《日之方中》，介绍上海法租界外洋泾桥堍新制验时球与报风旗，后者暂且按下不表，前

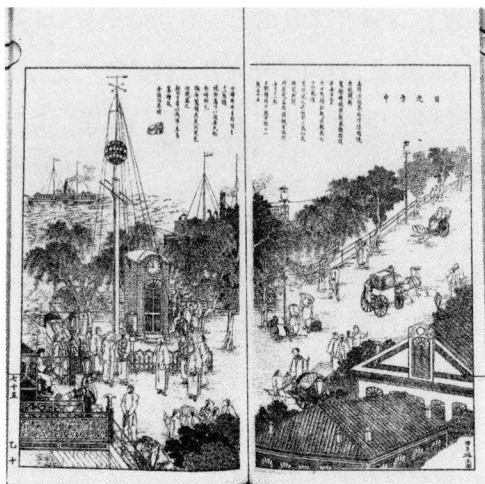

日之方中（《点石斋画报》乙十，1884年）

者的功用是："每日十一点三刻钟升起半杆，十一点五十五分钟时升至杆顶，至十二点钟球即落下，以便居民验对时刻。"略去复杂的说明文字，只译成"The Timeball in Shanghai"，也还勉强说得过去。至于将壬六的《飞鼠》（1887）译成*Bats*，则纯属不得已。画面上是一家老少喜迎正在空中飞翔的两只蝙蝠，说明文字则是：

> 鼠一名耗子，人以其昼伏夜行，多不喜。偷油而食之，则肋生两翼，与前足粘连，尾自脱落，数日出窠便能飞，其名曰蝙蝠。窃谓人自少至老，不能变其形，而功名事业何

飞鼠(《点石斋画报》壬六，
1887 年）

郭嵩焘（1818–1891）
铜版画像

尝不屡变焉。以自新腾达有时，则其造福亦普遍焉。字异而
音同，义亦从同。绘此以为阅画报之诸君子新岁休征颂。

"飞鼠"别名"蝙蝠"，"蝙蝠"又与"造福亦普遍"谐音，于是有
了以"飞鼠"贺年的雅趣。此种带民俗意味的文字游戏，时过境
迁，尚且被本国人所遗忘，更不要说外国读者。以我之愚钝，也
是在读过说明文字后，方才明了此乃贺春之意。不过，比起今日
报纸电视上直白浅露的"恭喜发财"来，我还是喜欢这种曲里拐弯、
颇具幽默感的贺词。

顺手从图书馆借回一册湖南人民出版社 1982 年刊行的《郭嵩焘日记》，回到客舍，闲来翻阅，竟发现一则有趣的材料。光绪四年（也就是《点石斋画报》创刊前六年）的正月初七，郭嵩焘在听取关于画报历史及制作方式的演讲后，做了如下记录：

> 刻画三法：用铜、用石、用木。铜版价昂。石板起于一千八百三十年，价廉费省，故近来印画多用石板。木板用黄杨木凑合成之，用螺丝钳接，可以分段镌刻，刻毕斗合，尤易集事，《伦敦画报》专用之。各国新奇事，皆遣画工驰赴其地摹绘。……继《伦敦画报》起者《克来非其》。与《伦敦画报》相仿则有《机器》新报、《攀趣》新报、《凡匿台绯阿》新报。或详器物，或主讽刺，或绘名人小像，其用意又各不同也。

最早谈论泰西画报的中国文人，乃热心接受西方文化的出使英法大臣郭嵩焘，这个小小的发现，虽无关大局，却还是让我得意了好些天。

早期在华传教士所办画报，有采用黄杨木的（如 1875 年创刊的《小孩画报》），也有择用铜刻版的（如 1880 年创刊的《画图新报》），因其画面没有时间性，也不涉及中国人的日常生活，虽属"杂志"，却非"新闻"。《点石斋画报》的意义，在于其开

1880 年创刊上海的《花图新报》，第二年起改为《画图新报》

启了以"价廉费省"的石印方式报道"各国新奇事"的新时代。就在《点石斋画报》创刊的同一年，《申报》馆附属的申昌书画室发售上海点石斋印行的上下两卷《申江胜景图》。上卷第三十图题为《点石斋》，其配诗很好地表达了时人对于石印这一新工艺的强烈兴趣。在《点石斋画报选》的"导论"中，像大多数中国学者一样，我也受贺圣鼐 1931 年所撰《三十五年来中国之印刷术》误导，以为石印术 1876 年方才引入中国，且最初仅限于印刷天主教宣传品。后拜读汪家熔考证文章，方知此说大谬不然（见氏著《商务印书馆史及其他》443—445 页，北京：中国书籍出版社，1998）；而

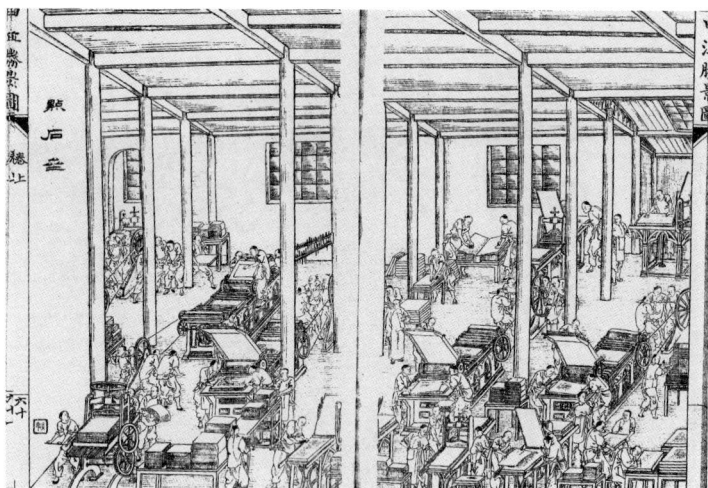

点石斋（1884 年上海点石斋刊《申江盛景图》）

苏精更将首次中文石印的时间，提前到 1825 年（见氏著《马礼逊与中文印刷出版》171—189 页，台北：台湾学生书局，2000）。

早在 19 世纪 30 年代，就已经有传教士采用石印方式制作中文出版物，这一判断，并没有从根本上动摇美查 1878 年购进新式石印机器，开始成功的商业运营的意义。此前印刷图像，必须先有画稿，再据以木刻，或镂以铜版，费时费力不说，还不能保证不走样，更不要说无法做到"细若蚕丝""明同犀理"。而今有了石印技术，这一切都成为举手之劳。富有远见的文化商人美查之创办点石斋，对于画报在中国立足并迅速推广，起了关键性作用。

　　回到北京，刚好上海一出版社准备重刊全套《点石斋画报》，希望我作序。既是写序，不好意思长篇大论，于是略为变通，从《申江胜景图》《申江百咏》《京华百二竹枝词》中选取三首有趣的小诗，略加点染，从石印术的引进，说到以图像解说新闻，再到图文并茂有利于识字无多的妇女，凸显晚清人接受画报体式的三大要素。

　　自以为构思巧妙，所用材料也很有趣，可惜出版社因选题重复，放弃原计划，我的序言也就只好束之高阁。想想也是，既没能凑齐原刊，为这套奇书作索引的提议又因时间紧迫而作罢，取消前议也就没多少遗憾了。我所说的"索引"，并非将原有的四字标题简单排列，而是简要撮述这四千多幅图像中的文字，为研究者提供"阅读地图"。若此举成功，这批资料可就真正活起来了。单看亚非学院所藏《点石斋画报》英译文的渐行渐稀，最后消失在历史深处，我就明白，没有足够的时间与耐心，千万别接这个活。

　　　　　　　　壬午大年初二，爆竹声中，于京北西三旗

## 附录四：《漫步伦敦》序

如此"计划外生产"，虽属心血来潮，却绝非一挥而就。伦敦一月，承朋友悉心安排，加上天公作美，31 天中，适合出游的日子占了绝大多数。难得有此机遇，也难得有此好心情。旅程过半，抑制不住写作的欲望，决定临时放下手中的急活，计划像"我的导师的导师"朱自清先生那样，写一本关于伦敦的散记。

朱自清先生所撰《伦敦杂记》，其语言之精粹，见解之通达，在我读过的众多欧游文章中，无出其右者。在英国只待了七个月，自称"新到异国还摸不着头脑"，于是，又想避免"我"的出现，又想"像新闻的报道一般"，朱先生写得很认真，也很辛苦。结论是："游记也许还是让'我'出现，随便些的好；但是我已经来不及了。"可相对于郑振铎《欧行日记》的散漫与平淡，我还是喜欢朱自清《伦敦杂记》的笃定与矜持，因其信息量大，可作高级的"旅游指南"品读。

朱先生感叹"身边一些琐事差不多都是国内带去的，写出来无非老调儿"，于是努力搁置其"中国背景"，以便在有限的篇幅里，给读者提供尽可能多的信息。我则不同，本来就是带着"自己的问题"到处跑，时时"梦回吹角连营"。要说全面描述伦敦的历史与现状，我绝对没有这个资格；反过来，有关现代中国的专业背景，有明显的问题意识，有文化比较的视野与经验，那才是我的长处。如此说来，所谓的"中国情结"，既没必要、也不可能被"割爱"。

想得很妙，等到落笔为文，方知此事大不易。并非倚马立就之才，对英国的历史与文学所知有限，不好意思信口开河。旅游时很愉快，接下来的读书与写作，可就没那么轻松了；花时间不说，还常有捉襟见肘的尴尬。但这种无拘无束的海外游历，真的永远值得怀念。在"举目无亲"的异国他乡，放下平日里不得不支撑的"师道尊严"，像中学生一样，挎上背包，带着字典和地图，和妻子手拉着手，走在伦敦的大街上，偶尔还连蹦带跳。直到有一天，玩得太入迷，把腰扭了，这才意识到年岁不饶人。

那天在伦敦塔参观，只能随人流四处走动，找不到任何感觉，心里很不是滋味。缺乏关于英国历史和宗教方面的专门知识，游览威斯敏斯特教堂也同样不得其门而入。看来，对于一个国家历史文化的了解程度，决定了旅游者的品位高低、乐趣大小。

几年前，旅日归来，曾撰写过一册闲书，题为《阅读日本》。写作时很开心，也很投入，只因怕耽误那迫在眉睫的专业著述，才匆匆搁笔。如今电脑里还存留不少当初输入的资料，以及若干半成品。这回估计也差不多，无法一鼓作气，那就"乘兴而来，兴尽而返"。不想追问如此旁枝逸出到底是得还是失；偶尔游离主题，其作用，一如漫长的人生需要假期来调节。

当初那些关于日本的随笔连载于《东方》杂志时，配有若干图片，效果很不错。结集出版时，受丛书体例的限制，没能插入相关图像，一直为此懊恼。还惦记着，日后重刊，非将这些图像资料穿插进去不可。前些年，国内书籍的排版印刷水平不高，图文混排容易出差错；现在大不一样了。写作时，当更多地将视觉的因素考虑在内。

受制于作者的学识及趣味，这册小书，既非深刻的思想笔记，也不是切实的旅行指南，只希望读者感觉"好看"——在传递知识的同时，略显文采与趣味，如此而已。

至于书名"漫步"，既写意，也写实。有幸客居市中心，主要借助自己的双脚丈量伦敦，这点殊为难得。你说呢？

2001 年 8 月 20 日于伦敦客舍

# 后记

近日重读刘义庆《世说新语》，最欣赏的，依旧是"任诞篇"里的王子猷夜访戴安道：

> 王子猷居山阴，夜大雪，眠觉，开室命酌酒，四望皎然。因起彷徨，咏左思《招隐诗》，忽忆戴安道。时戴在剡，即便夜乘小船就之。经宿方至，造门不前而返。人问其故，王曰："吾本乘兴而行，兴尽而返，何必见戴！"

魏晋名士风流，千载之下仍令人怀想不已。只是其刻意讲究言谈容止，有时用力过度，流于做作。眼前这则逸事，因无此弊，甚得我心。

今人也讲闲适，但将其视同风油精，平时搁置不用，关键时刻起"提神"作用。忙忙碌碌地赚钱，再忙忙碌碌地消费，一切都基于"计划"与"效率"，很难再单凭兴致挥洒时间、金钱与才华。偶有标榜"不随人后""无所顾忌"者,又走到了另一个极端,成了"我是流氓我怕谁"。既不想过分委屈自己,也不敢硬充名士,只是希企适性而行。眼下这册"计划外"的小书,便是如此意气用事的产物。

虽说只是几万字的小书,却并非一气呵成。在英国总共才居留一个月,所谓"席不暇暖",居然就敢著书讲论,似乎有点不自量力。就像最后一则日记所说,这都是读童话读出来的毛病。可正因为"老大不小",更向往任性而行。平日里上讲台、写论文,不好过于即兴;既然是假期,那就应该允许乃至鼓励自由发挥。

原先没想专写大英博物馆,否则定会多加留意,收集相关资料。回家前十天才突发奇想,要写点东西。当时定的题目,俗得不能再俗,就叫《漫步伦敦》,还连夜赶写出序言。这篇已经作废的"序",放在附录里,以见最初的写作动机。

本想比照朱自清先生的《伦敦杂记》,也写九则,以便与之遥相呼应。朱先生前四则谈书店、文人宅、博物馆、公园,那好办,此乃游览伦敦者必经之路;最后一则记房东,我则略为转化,描写"在酒楼上"的"一间自己的小屋"。中间部分谈市场、谈吃、谈乞丐、谈圣诞节,我没有什么体会;于是转换视角,谈大学、谈桥,谈地图,谈议会大厦,好在都与伦敦相关。

朱先生早年的散文,常夹入小说笔法,描写生动而逼真,只是"经营"的意味太浓。中年以后的文字,干净利落,粗看很平常，仔细阅读，才琢磨出味道来——并非才子型的"直抒胸臆"，而是言浅意深的"平易"。人多赞其散文集《背影》等，我则更欣赏《经典常谈》和《伦敦杂记》。轮到我邯郸学步，更倾向于在散文中带进随感，包括读书札记等。学不来朱先生驾驭文字的功力，但散淡与质朴，还是希望略显一二。

由原先拟想的生活化的"漫步"，改成比较学究气的"日记"，那是因回到国内，恢复原先的工作状态，不止时间无法自由支配，连兴趣与感觉也都变了样。眼看又会像以前诸多自以为精彩的计划，电光一闪，照亮茫茫大地，然后隐入永远的黑夜。关键时刻，朋友坚邀为改版后的《文物天地》开专栏，一时冲动，答应整理大英博物馆日记。第一则日记发表，杂志还在封面上"广而告之"。这么一来，没有退路了，所谓"开弓没有回头箭"是也。

将"漫步"改成"日记"，不免稍微约束自家笔墨。但这也有个好处，既藏拙，也便于"延伸阅读"。每则日记后面的"附记"，固然是"事后诸葛亮"；就连日记本身，也有所修饰与补充。当初只是记下大致印象，改写成文章，不能不略为铺陈，还核对了若干引文，且注明版本等。不想旁征博引，害怕变成另一种考据文章，故还是采用限制叙事，勉强维持"日记"的体面。至于日记中为何多有关于读书生活的记载，这并非炫耀博学，而是当初阅读这些"闲书"，就知道其不太可能进入我的专业论述；舍不得丢弃这些"鸡零狗碎"的有趣资料，故抄录在日记中。当初的想法是，杂记若干客居伦敦时的读书生活，也算一种纪念。

古人云：读万卷书，行万里路。这既可以理解为在行路中读书，山川与书籍相映照，故容易领会与查核；也可以理解为书籍散落四方，非走万里路前往搜访不可；还可以解释为，读书人也像侠客一样，非浪迹天涯，不能成就大学者的气魄与境界。清初学者傅山之以鹿车载书漫游，以及顾炎武的出走北地访书，在国仇家恨之外，确实也与此古训有关。更近的例子，便是胡适等现代学者的海外访书了。看前辈学者伦敦读书，左右采获，煞是羡慕。我此行的学术目的是追寻晚清画报以及明清小说之绣像，不过并没寄予太大希望。因此才随心所欲地阅读，给自己"学术休假"，以恢复对于未知事物的强烈好奇心。

至于"附记"部分之不时掺杂当代生活经验，目的是打破博物馆的封闭性。在一个"神圣事物"受到普遍挑战的时代，博物馆不可能独善其身。不管是追究藏品之来源（这一点乃大英博物馆的软肋，最容易招来后殖民主义者的严厉批判），还是辨析其入藏标准、展出原则，以及维护主流社会政治意识与审美趣味的功能等，都有其合理性。但博物馆不可能被废止，其基本功能也很难被取代；改良的方法，在我看来，可在多元视野以及古今对话上下功夫。也就是说，让藏品走出封闭的博物馆世界，与当代人的日常生活以及精神世界发生关联。这也是我阅读大英博物馆的方式，以及不避累赘地为每则日记撰写"附记"的原因。博物馆不是一个自足的世界,它在召唤观众的同时,也被观众的眼光所改造。只有将储藏远古记忆的博物馆,与关注日常生活的大众传媒,以及沟通古今的学校串联起来,互相支持,也互相质疑,其"传播知识"的宗旨,方才比较容易得到体现。

伦敦读书,主要着眼"图文并置"所产生的阅读效果。这既延续了此前自家若干著述的思路,也有新的体会。在一个陌生的文化环境里,图像所传达的信息,远比文字清晰,且更容易被接受。不仅仅是因为读者的语言能力,更包括图像所特有的直观性与丰富性,容易激起主动介入与重新阐释的欲望。举个例子,"看图说书"就比"读后感"更多自由驰骋的空间,也更容易激发创造热情。当然,文字也自有其优势,比如抽象性与深度感等。古已有之的"左图右史"与"图文并茂",都是意识到图文二者互相补充的可能与必要。从出版《触摸历史:五四人物与现代中国》(广州出版社,1999)、《点石斋画报选》(贵阳:贵州教育出版社,2000)、《图像晚清》(天津:百花文艺出版社,2001),到为鲁迅的《中国小说史略》(杭州:浙江文艺出版社,2000)和自家的《千古文人侠客梦》配图(北京:新世界出版社,2002),再到眼下的这册小书,在我,都是在努力探寻文字与图像互相阐释的有效途径。

如此说来,闲书不闲,冥冥之中似乎自有安排。

此书之得以最终完成,得益于夏君的激将与宽容。与我同行的夏君,既分享当初旅游时的欢乐,也帮助恢复若干记忆,还承担"监工"与"验收"双重责任。另外，伦敦之行，得到伦敦大学亚非学院贺麦晓（Michel Hockx）教授的大力帮助。而叶隽、安延夫妇的结伴，也给我们的游览带来了许多便利。对于上述四君，谨表谢意。

2002 年 9 月 15 日于台大长兴街客舍

附记：《大英博物馆日记》七则连载于《文物天地》2001 年第 6 期，以及 2002 年第 1、第 3、第 4、第 8、第 9、第 11 期。此外，《地图的故事》刊《文学世纪》3 卷 9 期（2003 年 9 月）；《书籍的艺术》刊《书城》2003 年第 8 期；《作为旅游纪念品的"福尔摩斯"》刊《书城》2003 年第 4 期；《作为绣像小说的〈天路历程〉》刊《书城》2003 年第 9 期。

2003 年 2 月 7 日，全书定稿于京北西三旗

克
里
特
游
记

## 小引

北大32周年校庆时，周作人曾撰文，批评国人之谈及西方文明，无论是骂是捧，大抵只凭工业革命以后的欧美立论，却很少涉足被称为"文明之源"的古希腊；而在他看来，希腊的文学、艺术、哲学等自有其独特价值，"值得萤雪十载去钻研它的"（《北大的支路》）。我相信周先生的话，确实，"希腊神话本质特别好，又为希腊古代的诗文戏曲所取材，通过了罗马文学，输入欧洲，经历了文艺复兴的消化，已是深深地沁进到世界文学的组织里去了"（周作人《〈希腊神话〉引言》），任何一个读书人，只要有时间，都应该好好品读。遗憾的是，任教以来，杂事冗多，岁月蹉跎，竟从未在希腊文化上下过功夫。

几年前，一个偶然的机会，让我得以自费到希腊走了一遭。两个计划，或逛雅典城，或游克里特岛，我选择了后者。因为，读罗素的《西方哲学史》，被第一章"希腊文明的兴起"中的一段话深深打动："大约有11个世纪之久，可以说从公元前2500

至公元前1400年，在克里特曾存在过一种艺术上极为先进的文化，被称为米诺文化。克里特艺术的遗物给人以一种欢愉的、几乎是颓废奢靡的印象，与埃及神殿那种令人可怖的阴郁是迥然不同的。"

旅游书上说，克里特是爱琴海上最大的岛屿，面积8305平方千米，既是诸多希腊神话的发源地，也可称作西洋文明的摇篮。现在呢，则是风景旖旎的度假胜地。在为出行"做功课"前，我对克里特岛的了解，除了米诺斯国王（King Minos）曾在岛上建筑囚禁牛怪的迷宫外，几乎一无所知。可实际上，西方学界对于克里特岛的米诺斯文明的体认，已有一百年的历史。19世纪末20世纪初，由于英国考古学家阿瑟·伊文思的不懈努力，克诺索斯城以及米诺斯王国，早已走出《荷马史诗》，由古远的神话转变为文明史上重要的一页。

像我这样的后知后觉，满打满算八天时间，走马观花都嫌匆促。与其充内行做"考察"科，或者发点无关痛痒的小感慨，不如老老实实承认，这只是一次"有益身心"的游览。因此，不想撰写什么起承转合的"文章"，而宁愿采取排日纂事，不避琐碎，穿插各类见闻，事毕而文结的"日记"。有宋人范成大《吴船录》、陆游《入蜀记》的范例在先，此类以日记体描述某次行旅的游记，千百年来，可谓代有佳作。轮到我登场，眼见此等文人记游的"最爱"，已是繁花满树，我还能做些什么呢？不敢过于"摇曳",谨守旧时日记,只是隐去具体的人名以及个别私人琐事。

> 2008年2月18日于香港客舍水仙花香中,理毕陈年日记,
>
> 竟感觉情趣盎然,可见几年来没有多少长进

## 来到了"天堂"海滩饭店

2004 年 4 月 19 日，星期一，晴

　　直到前天，旅行社才将详细行程送来，一看不妙，凌晨 3 点就必须动身赶往机场。在网上找的旅行社，据说历年评价很好，值得信赖。连旅费带吃住，每人 695 欧元，很合算。是旅行社包机，难怪必须抢在最前面，6 点起飞。

　　一出门就碰到难题，大学城平日通宵开放的大门居然锁上了。商量了好一阵，怕赶不及，正准备"老夫逾墙走"，忽见栏杆外面有人经过。一打听，往北走，不远处有机动车出入的旁门，夜里不关。终于，在 3：15 前赶到约定地点，等候订好的出租车。准时上车，到巴士底广场接上安琪，赶到机场，还不到 4 点，时间绰绰有余。

　　拿着网上预定的单子，到 Look Voyages（旅行社）柜台前取机票。四个人中，有两人的名字写错了；办事员顺手改改，说，行啦，就这样。办登机手续时，出现了问题。不过，不是改名字的缘故，

而是三个中国人，为何夹在法国人的旅行团里，显得有点奇怪。据说，法国机场历来对中国人不友好，多有故意刁难的。柜台小姐不敢做主，请来主管模样的男士，审视了一阵子，又用电话跟上司联系，说这些人的护照上已有好几个签证，看来不像是假的。真是笑不出来。要是第一次出国的，碰到这种情况，麻烦可就大了。

6点准时登机，可一直等到7点，飞机才腾空而起。本想补睡，感觉不舒服，怀疑是昨晚受了点风寒，刚才又被盘查，不免"一肚子气"。略为打了个盹，大概十点十分——当地时间十一点十分，到达希腊克里特岛的首府伊拉克里翁（Heraklion）。机场在海边，虽说有点简陋，但挺繁忙的，一眼望过去，停了十几架飞机，还不时有起降的。趁等车的工夫，为我们的"坐骑"拍了照——星空（STAR）航空公司。出机场时不用查验护照，因双方都属于欧共体的缘故。大厅出口，一字排开，二三十家旅行社，各举着自己的牌子，大声招呼自己的客人。这点很像中国。旅客中，好多人大箱小箱，像搬家似的；好不容易等齐了，旅行车方才开动。

车沿海岸公路往西开，大约一小时后，到达位于巴梨（Bali）的路客（Look）旅行社定点经营的巴梨天堂海滩饭店（Bali Paradise Beach Hotel）。沿途所见，除了右边不时显露的湛蓝色大海，路两旁未见特别精彩的地方。山有点陡，多石，土层很薄，加上时有台风的缘故，很少两米以上的大树。山头不至于光秃，那是人工造林的结果。可树很矮小，一簇簇的，几乎是趴在地上，

窗外的风景

直不起腰。平坦一点的，多种植橄榄树。一时间，想起十多年前
校园里流传的《橄榄树》，以及三毛式的流浪梦想。

　　巴梨是个小海湾，两三个饭店，一个小教堂，还有若干民居。
这家"天堂"饭店，四星级，条件很好，坐下来吃饭，窗外就是大海，
而且是蓝得诱人的地中海。我住 524，对着大山，不稀奇；三位
女士住的 509，是大房间，尽可坐在面对大海的阳台上，晒着太阳，
迎着海风，高谈阔论。听领队的讲解了大半天，方才明白，这是
个俱乐部性质的旅游计划，不过也招点散客；绝大部分人是来海
边度假的，俱乐部为他们专门安排了很多健身、娱乐活动。而我

们四位不一样，是冲着文明发源地来的。这样，第二天起，独自旅行，早晚餐放在这里就行了。

略微休息，给晓虹打电话；再安上电脑，试着看点资料。这饭店住的基本上都是法国人，一不小心，错把"巴梨"当巴黎。所售书籍及地图等，全是法文，让我这"法盲"看了干着急。下午4点，相约溜达来到了海岸，一看"风景这边独好"，抢着拍照。

安琪下海游泳，我等则卷起裤腿，在海滩戏水。没有惊涛，但也偶尔来点力度大些的海浪，退避不及，裤子和西装一角都被打湿了。开始不在意，等到结束嬉戏，方才发现这问题。

回到宿舍，脱下上衣和裤子，摊在椅子上，让太阳发挥"余热"，为我辈解忧。躺在床上，翻看刚才在大路旁一超级市场找到的包含两百张照片的 *Guide of Crete*。

该吃晚饭了，穿上已经基本晒干的衣服，闻一闻，有足够的海味。看来，我非得把地中海的海风和咸味带回北京不可了。

这里的饭菜很不错，可惜都是凉的。幸亏昨晚灵机一动，往背包里塞了把电热水壶，这才能饭后一壶热茶，聊天解乏。

有点累，早点休息。

# 威尼斯城堡

2004 年 4 月 20 日，星期二，阴，下午偶有小雨

昨晚睡得不错。8：30 起床，正翻看克里特岛资料，晓虹来电话，说是接到通知，签证已办妥，而且，飞机票也没问题了。大为放心，没有后顾之忧，可以玩得更尽兴。

根据旅馆提供的资料，早餐后，走 15 分钟，来到了大路边，等候开往瑞提姆农（Rethymno）的公交车。候车处以三片水泥板搭建而成，矮小简陋，墙上涂满各种字母，好在旁边添了个木头架子，还显得有些趣味。给三位女士拍了张"候车图"，看她们"装模作样"的，很有趣。而后，转过身来，俯瞰我们住宿的这个海湾，能看见饭店墙上那"天堂"招牌。旅游书上说，这里古时也是个城市，但早就荒废了。今年因旅游业，才重新焕发生机。

因是过路车，说是 10：15，迟到了 15 分钟，很正常。上车就座，出乎意料，车子很好，有空调，椅子也很舒服。最近十几年，长途旅行时很少搭公交车，这回在欧洲文明的发源地，倒是旧梦重

候车图

温。想想80年代中后期，每到假期，和夏君背上背包，乘火车，转汽车，到处游荡，虽很辛苦，值得回味。

克里特岛上这小小的"四人帮"，有足够的外语及经费，可以玩得很开心。为求合作愉快，避免互相谦让，干脆每人交一笔钱，由新科文学博士罗君管账。看她上车买票，然后很敬业地掏出本子，开始记账，直乐。合计11.2欧元，每人分一张，留作纪念，我得到的是一欧元的车票。

路边树下，几只觅食的母鸡，引起大家对乡村生活的向往。于是，讲起了各自的故事。不过都承认，回忆很美好，但真在乡下生活一辈子，会闷死的。远处高山上，隐约可见积雪。这里虽是亚热带，但两千多米的高峰，还是足以"白了少年头"的。

山路蜿蜒，不断有人上下。开始进入小城了，路边不时闪过超级市场的牌子，这边是可口可乐，那边是柯达照相，还有丰田（TOYOTA）专卖店，不愧是旅游城市。据说，克里特岛上共有居民60万，而每年夏天到这里来旅游的，大约是250万。还好我们到得早，要是六七月份来，很难订到旅馆的。

步出车站，发现今天的主要节目威尼斯城堡就在眼前。威尼斯统治时期（1204—1669），克里特岛分成四个部分，瑞提姆农是其中一个行政中心。由于历经战乱和外族入侵，那神奇的米纳斯文明，只能到博物馆去看了。现代城市里，能有16世纪的东西供你凭吊，已经很不错了。沿着海边公路，逐渐靠近这座位于城市北角、屹立在山崖上的古堡。

雄伟的古堡，配着高大的铁树，本来挺庄严肃穆的；可山脚下居民阳台上晾晒的裤子，一下子将你从历史拉回现实。也好，这样驳杂的场面，更真实些。面向大海的那一面，十几米的高墙，点缀着杂草和小树；古堡入口处，栀子花正散发着迷人的幽香。游客花上三欧元，方才得以"登堂入室"。

入口处矗立的牌子，并没说明古堡的总面积，只是告知游客，修整时欧盟提供了75%的经费。硝烟早已消逝，战场化作风景，众多游客，流连拍照。我们也不例外，在石屋前，在花丛中，还有城墙边，捕捉各种图景。那松树下的露天小剧场，还有那位于

威尼斯城堡

古堡中间的小教堂，都明显是日后修复的，但并不显得突兀。这才叫本事，让你知道是假的，但不扎眼，很不容易。

在老街散步，顺便购物，我的收获是：一件T恤衫，四欧元；一件短裤，17欧元；一件游泳裤，21欧元；两盘希腊音乐的CD，19欧元。天气很好，得下海游泳，我没有这方面的准备，只好在这补办了。当然，兼做旅游纪念品。

累了，在路边一小店吃希腊烤肉。看厨师在旋转烧烤的肉砣子上削肉，很好玩。看餐巾纸，发现上面印的是卓别林。不知道这两者之间有何关系。进小店厕所，发现此屋的拱门年代久远，那大理石的门洞，中间还凿一小洞，插一朵鲜花。

破败的城门

四人都在北大念过书，也都曾光顾过北大周围的小饭馆，于是，讲起了小饭馆的故事。据说，某夜，店家正准备打烊，进来好几个北大学生，点了五扎啤酒，三盘炒土豆丝。土豆丝好吃又便宜，可切起来很不容易。一会儿，杯盘狼藉，再点两盘炒土豆丝。不久，又要一盘炒土豆丝。但见厨师手持菜刀，怒气冲冲地冲出来，喝道："谁点炒土豆丝？！"这笑话，肯定是穷学生编出来自嘲的。

除了威尼斯城堡，小城里的古物，就属那喷水池了。在旧城溜达，突然想起，刚才经过的城门，显得很是沧桑，应该也是古物。于是，转两条街，回去补拍照片。此举日后被证明十分英明。因为，旅游书上说，这城门是最值得珍惜的。大街上的小城门，还有小

海湾及饭馆

店厕所的石拱门，都是作为新建筑的构件，继续发挥作用。破旧的老建筑，既不拆除，也非供起来，而是作为构件镶嵌在新建筑中，很有意思。

按照时刻表，4点钟方才有回程的车。走累了，在海边椅子上读书。看着差不多了，走进车站，可车已提前开走。责问售票员，人家一点都不着急，说4∶45还有一班，这么美的风景，你再多待一阵，多看看，又有什么关系？不愧是旅游胜地，当地人的心态，确实比我们悠闲多了。想想也有道理，相对于克里特岛8000年的文明史来说，你这45分钟又算得了什么？

天公不作美，下起雨来。好冷，不敢下海，辜负了我的游泳裤。

洗个热水澡，读德里达的《Profession的未来或无条件大学》。

## 市中心那两堵颓废的城墙

2004 年 4 月 21 日，星期三，阴，傍晚时雷阵雨

快 9 点了，正准备上餐厅，晓虹来电话，说飞机票出了问题，正在想办法。真是好事多磨。但愿苍天保佑，好人一路平安。

9：50，背着背包上路。安琪说，在法国，像我们这样徒步旅行的，必须边走边唱一首民歌，大意是：我们没有木头腿，我们都是面条腿，但是人家不知道……于是，罗、泽拥二位，开始跟着学唱。我五音不准，加上不懂法语，只能洗耳恭听。

跟昨天同样的方向，但这回走得更远，目的地是岛西的哈尼亚(Hania)。公车准时到，居然还是昨天那位售票员。大胡子，不苟言笑，很酷。车票是 30.2 欧元，看来路程远多了。

一路上都是大太阳，正庆幸着，没想到两个小时后，到达哈尼亚时，又转为阴天。这城市明显比昨天寻访的瑞提姆农要大，大街上的建筑及商店颇为时尚，连巴黎人安琪都直点头。可我们要看的是不是这些，很快地，转入旧城的小巷。

路口小花园，立着铜像，一副戎马生涯的打扮，一看生卒年，应该是19世纪希腊独立运动的英雄。匆匆赶路，拍下来，日后再说。记得晚清时，流亡日本的知识者，颇为关注希腊独立运动，梁启超、章太炎等都有相关论述。

街边的教堂，挺壮观的，配上铁树，更是好看。斜对面就是哈尼亚考古博物馆。进门买票，每人两欧元。安琪拿出法新社记者证，参观免费。罗半开玩笑问：教授行吗？答曰可以。于是拿出我在东方语言文化学院的工作证，居然也可免费。钱不多，但能跨国使用，真没想到。

展品中，最欣赏的，一是公元前15世纪前后的印章，先软石，后硬石，各种动植物造型，也有抽象图案的。印很小，但相当精致。后演变成印模，盖在陶土上，很像中国的封泥。二是两尊罗马皇帝哈恰罗（117—138）的大理石像，说实话，是因为尤纳森尔小说的缘故，我们方才关注他。三是几幅公元3世纪的马赛克图像，除了印在说明书上的那幅，还有狄厄尼索斯（Dionysos）之家。四是大小造型各异的一堆牛俑，虽说远没有兵马俑壮观，但憨态可掬。五是线型文字的陶板，让中国人看来很舒服。

又是海湾，周围很多饭店。看我们走过，不断有人招呼，用简单的日文或中文。钻进幽静的小巷，再拐一个弯，在一家宣称专门提供本地食品的小店坐下来。店里有飞鱼标本，店主说是自己弄来的，很是骄傲，还让我拍照。欧洲街道干净，没有风沙，

颓废的城墙

天气好的时候，店家都将桌子摆在街旁。记得去年北京闹"非典"（SARS），也曾有过如此景象。可北京干燥，汽车一过，尘土飞扬，实在不合适。街边吃饭，为的是看风景，也被人家作为风景欣赏。下雨了，好在我们已经用完餐。

拿着地图，在老城的小巷里转悠，挺动人的。还见一挂红灯笼的中国餐馆，不过生意不太兴隆。市中心，居然有两堵颓废的城墙，墙缝里还长着红花，很是凄美。应该是什么遗址，可找不到解说的牌子。大家一致认定：这就是我们要找的宫殿。转两个弯，来到地中海建筑博物馆，穿过门洞，斑驳的山崖上，矗立着一幢看来很有历史的建筑。沿着台阶奋力爬上去，发现是克里特技术大学，大门紧锁着，看情景，这大学也够寒碜的。

沿着海湾看风景，海盗船前，罗、安二位小姐"扮酷"。古时，商业贸易与海盗劫掠，是此地获取生活资料及"科学技术"的两个主要手段，而且，没有正邪之分。因此，生活在沿海或岛屿的人，对"海盗故事"情有独钟。

老城不大，新城不值得游览，3 :30，已经转回到了公交车站。打道回府，路上听罗讲述她姥姥看面相的各种奇闻。

一路上，时晴时雨。刚进旅舍，竟下起了瓢泼大雨，不一会儿，还打雷。这下子，游泳的计划彻底泡汤了。洗过热水澡，给晓虹打电话，得知机票事峰回路转。

继续读德里达的《Profession 的未来或无条件大学》。

晚上，饭店组织舞会，我们没兴趣。都说藏族姑娘能歌善舞，回到宿舍，要求泽拥表演。泽拥推说没有配舞的乐曲，转而给我们播放她电脑里储存的各种藏族歌曲，从"文革"中流行的《北京的金山上》，到当红歌星用藏语演唱的。安琪说她也会唱中国歌曲，于是，唱起了《东方红》，调子还可以，词就有点离谱了："他为人民没（谋）幸福，呼儿嗨呀，他是人民的大球（救）星。"

## 希腊餐馆及午睡的大黄狗

2004 年 4 月 22 日，星期四，时晴时雨

上午出门，继续跟安琪学唱"我们没有木头腿"，据说原先是士兵行军时唱的，后来变成了儿歌。听多了，我也能跟着哼。

提前 10 分钟到达路口，没想到"过尽千帆皆不是"，这回大概是司机太积极，提早通过了。等啊等啊，足足等了一个钟头。这中间，来了三阵豪雨，成 45 度角，甚为凶猛。这时候，方才知道那几块水泥板搭起来的小亭子，作用不可低估。

大太阳底下，山上的小树，不怎么样。可下了两天雨，加上天色阴暗，这回看，感觉很好。说不上郁郁葱葱，但基本上没有裸露的山头，这点很不容易。好多七八十度的陡坡，居然也都有灌木扎根。整个克里特岛，多为山坡，很少平地。这样的生存环境，在农业社会，其实是很不利的。好在此处地理位置很重要，扼守欧、亚、非三大洲的咽喉，很早就发展航运、贸易及海军。

东行 50 分钟，到达今天的游览地伊拉克里翁（Herakleion）。

此乃克里特岛首府，城市规模及街道橱窗，颇有都市气象。但有一点，没有高层建筑，基本上都在六层以下。拿着地图，先找博物馆，因怕人家很早就关门。果不其然，下午3点闭馆。若先逛街，则可能错过了重头戏。

安琪的记者证照样通行，我的教授证则失灵。门票8欧元，比昨天贵多了；但藏品确实精彩，而且允许拍照。

总的印象是：彩陶比中国好，玉器和青铜器，则远不及中国。公元前19—前17世纪的红陶与黑陶，形制多样，上绘各种花草动物等，随意涂抹，线条粗犷、流畅，很精彩。其实，人类童年时代的想象与手艺，颇多相似性。

米纳安时期的壁画，色彩的艳丽与线条的准确，令人惊叹不已。王子等那几幅，都是作为早期文明的代表，不断被引用。虽然取消了闪光，隔着玻璃，照相的效果估计好不了。花10欧元，买一册《伊拉克里翁考古博物馆》（*Herakleion Archaeological Museum*），回去慢慢欣赏。

图录印得很漂亮，唯独漏了我最关注的印章。展览中有三个专柜，摆满公元前29—前17世纪的各种材质（黑石、白玉、骨头）及形制（圆、方、椭圆）的印章，小的不到小指头，大的约略等于大脚趾。这种印章，必须盖在陶制品上，才能显示；因此，展品中，既有印章并附效果的，也有只是带图像的陶土。这点，很像中国古代的封泥。印上多刻动植物，也有抽象图案的。中国人

三鸟泥盘

申办奥运会，以印章作为图标，之所以被欧洲人认可，并非"越是民族的，便越是世界的"，而是人家古时也曾有过这玩意儿，常进博物馆的，多少有所见识。

最让我感兴趣的，是一直径2厘米的圆形印中，三只飞禽首尾相接，造型极像汉瓦当里的三雁图。我说是大雁或野鸭，但三位女士都说是蝎子。我的理由是，此地陶器上，多有鸭子造型，翅膀之所以成了三道线，是抽象的结果。不过，少数服从多数，徒唤奈何。那印本来就不大，加上用石膏制成效果图，虽然拍了下来，估计不好。

土耳其教堂

另外一直径 20 厘米的泥盘，年代是前 19—前 17 世纪，图像和色彩都很清楚。圆圈内，三鸟首尾相接，绝对可以和中国的瓦当媲美。这也是图录里没有的，幸亏我拍了下来。

看完博物馆，照例必须吃饭。绕到旅游者徜徉的主街后面，找到一希腊餐馆，坐下来慢慢品尝。外面太冷了，不好当街坐，点了四份不同的菜，大家交换着吃。我点的是烤猪肉，上有孜然，有点像北京的羊肉串，味道不错。更感兴趣的，还是那作为配餐的橄榄酱，蘸着面包吃，味道好极了。

午饭后，街上游走。太阳当空，有海风，不算热。见一大黄狗，趴在路上，一动也不动，像是死了。不远处，又有一只，同样的姿势。这才想起，希腊人有午睡的习惯，大概狗也有此雅好。

参观土耳其教堂，据说，这座17世纪的建筑现在还在使用。克里特岛上，1204—1669年是威尼斯统治时期，1669—1898年是土耳其统治时期。可惜关着门，无缘登堂入室。门口有一大理石的旧水池，安上了个铜制的水龙头，如此古为今用，感觉很奇特。隔一条街，又见石头制作的喷水池，造型很好，只是面目有些模糊，估计年代比较古远。

搭乘16：30的公车，回到旅舍，时而阴雨，时而斜阳。管不了那么多，非下水不可了，免得辜负了我那21欧元的游泳裤。这种天气，不好下海，就在游泳池里过把瘾。浅水池那边，有两小孩在嬉水；深水池这边，就我一人。好久没下水，不敢逞能，游四圈，就回家洗热水澡去了。

晚上听安琪讲法国的政治运作，她是政治记者，专跑下议院。

# 群山之上的宫殿遗址

2004 年 4 月 23 日，星期五，晴

　　安琪有点累了，在家休息。我们三个继续上路，这回要去的是南部的菲斯特（Phaistos），公元前 1450 年废弃的宫殿遗址。

　　来了辆出租车，停在我们面前，问是否到伊拉克里翁。价钱呢，好商量。他开价 20 元，罗回 15 元——这是公交车的价格。成交，上车。这样的事，正所谓双赢。得知我们准备转车去菲斯特，司机将车子开到伊拉克里翁的另一车站。这才明白，南北线的车与东西线的车，不在一个地方。

　　这回是翻山越岭，不再走海岸线，从北到南，一个半小时的路程。途经很多小镇或乡村，看居民在门口喝茶（咖啡），晒太阳，挺悠闲的。漫山遍野的橄榄树，正结着串串小果子，或淡绿，或乳白，与树叶的墨绿形成鲜明对照，风一吹过，树梢摆动，挺撩人的。再有就是葡萄树，只长出半尺许的新芽，还不到唱主角的时候。除此之外，似乎没有别的农作物了。

宫殿遗址

路边的橄榄树

　　90分钟的路程，不觉颠簸之苦，很舒服的。前排坐着四位希腊老汉，随着播放的歌曲，一路上不断引吭高歌。那浑厚的男中音，一点不比广播里的差；再加上那歌声里透出的由衷喜悦，让我们大受感染。

　　门票6欧元，管两处遗址。此地游客甚多，手拿各种文字的指南，除我们外，未见东方面孔。跑百余公里，到这来看一堆烂石头，必须是真对历史有兴趣。简介上印的，是这里出土的两件宝物，昨天都在博物馆见识过的，一是刻满各种神秘符号的圆盘，一是缀着百合花的陶杯。

宫殿建于新石器时代至早期米诺斯时期，即公元前3000至前2000年。中间屡毁屡建，一直使用到公元前1450年。从遗留的残垣断壁以及若干柱址看，整个建筑群相当宏伟。想象4000年前的君王，住在群山之上，踌躇满志地俯瞰脚下的盆地，放眼远处高山上的积雪。那不知存了几千年的石臼里，种上了小植物，正探头探脑地面对这既古老又新鲜的世界。废墟边上，一丛灿烂的红花，这就是人类文明的象征？拍了若干照片，又在遗址外随便捡上一块小石头，带回去，算是关于"文明起源"的遥远记忆。

另外一处宫殿遗址，据说离此地不远，门票通用。离开车站，转过那早就废弃了的教堂，三岔路口，真的立有一路标，说明到那遗址仅三千米。紧紧背包，大胆上路。

已经过午了，一手三明治，一手矿泉水，前进在地中海的大太阳下。山风很大，凉爽极了，两边的橄榄树及各色野花，随风摇曳，美极了。山路蜿蜒，偶尔开过一辆汽车，没有别的游客。风停时，群山寂寞，有点可怕。不过，相信希腊的民风，照样说说笑笑，不觉得累。可走了半个多小时，怎么还不见宫殿遗址的影子？那边半山腰上，有一大棵橄榄树，顶天立地，很是壮观。说好走到那儿，还不见任何遗址的影子，就打道回府。因为，必须考虑回去的路程。不然的话，真的变成了"面条腿"。

罗、泽拥二位，自打上大学参加军训之后，大概就没有走过这么远的山路；我呢，倒记得16年前，和晓虹中午时分爬北岳恒山的故事。进入 90 年代后，再没这样的胆量。荒山野岭，人生地不熟，这样的游览，有趣，但也危险。

回到车站，本以为没事了，可为何没按广告牌上的时刻表来车？从 14∶30 等到 15∶30，来过好几辆公交车，都说不去伊拉克里翁。怎么搞的？正纳闷。一辆敞篷的吉普车停在眼前，一男一女，六十多岁，向我们打招呼，表示愿意带我们走。问是否到伊拉克里翁，答曰不是。那妇人像是日裔，大概是看罗君打扮，"停舟暂借问，或恐是同乡"。比画了好一阵，无法沟通，只好谢绝了人家的好意。

那边来了几位骑山地车的勇士，一副专业运动员打扮，正拼命往上骑。众游客鼓掌，一骑手扬手答谢，一分心，险些掉下来。众人改为暗暗叫好，不再分散骑手的注意力。

终于又来一公交车，说是可以上车了。以为这回可坐安稳，没想到到了山下，转上大路，竟让我们下车，并告知，往伊拉克里翁，必须在此候车。这才明白，刚才那妇人的意思，也是想带我们下山。可惜语言不通，辜负了人家一番好意。经过小镇时，看到一家写着"花屋"两个汉字的花店，认准就是它了。于是猜测起此妇人的来历：也像三毛一样，为了某次刻骨铭心的爱情，离乡背井，来到这种满橄榄树的小镇？

到了伊拉克里翁，差八分钟 17 点，还得尽快找到去巴梨的车站，免得错过了每小时一班的公交车。跳上出租车，不想再问路了。此地居民普遍热情，指指点点，就是说不清楚。问出租车司机，直接把我们送回巴梨，多少钱？答曰：42欧元。如果等车需要太长时间，只好"出血"了。好在不到半小时，就有一路过巴梨的公交车。

回来路上，有自行车比赛。山路蜿蜒，上坡下坡，很吃力的。前有警车开道，后有医疗车督阵，中间部分拉得很长，足有六七千米。而且，不封路，客车货车照走，只是小心别撞了运动员。这与中国人的讲排场，体育比赛变成了扰民工程，大不一样。关键是锻炼，而不是成绩，这才是真正的奥林匹克精神。

总算在18∶30赶回暂时的"天堂"。太阳还在，海水湛蓝，可就是没力气下海。看来，只能留待明后天再享受了。

晚上在家阅读《伊拉克里翁考古博物馆》图册，将属于菲斯特的文物放回原址，以便驰骋想象。

# 米诺斯王宫及其发掘

2004 年 4 月 24 日，星期六，晴

早上起来，读周作人译《希腊神话》。

10：15 出发，赶到路口，等待那可提先可推后的公车。再次赶往伊拉克里翁，在那儿转车到克诺索斯（Knossos）。好在这是克里特岛最著名的景点，车次很多，花上 1.8 欧元，买来回票。票印得很漂亮，三分之二部分嵌有一厘米宽的银线；本想保留，被验票的司机毫不客气地撕去了大半，可惜了。

对于喜欢希腊神话传说的人来说，这米诺斯王宫可是大大地有名。据说，克里特的国王米诺斯因儿子被人阴谋杀害，兴兵复仇；雅典人求和，答应每九年送七对童男童女到克里特作为贡品。米诺斯将这些童男童女关进有名的克里特迷宫里，让丑陋的牛怪将其杀害。到了第三次进贡的时候，王子忒修斯自告奋勇前往，依靠公主赠予的两件宝物，终于战胜了怪物，带着童男童女顺着线团钻出了迷宫。可惜归程时忘记按约定改挂白帆，父王埃勾斯以

遗址上的无花果树

部分复原的遗址

为儿子已死，遂纵身跳入大海。人们为了纪念他，就把这片海域命名为埃勾海，今译爱琴海。

　　跟高高在上的菲斯特不一样，克诺索斯地处山谷，相当空旷平坦。遗址中间，还有一株奇妙的无花果树，默默注视着来自四面八方的游客。遗址只是部分复原，让公众想象原先宫殿的形状——当然是按照考古学家阿瑟·伊文思等人的思路。另外，就是说明牌上有关大殿或祭坛出土器物的介绍，以便你与手中的博物馆藏品录对照。那几幅有名的壁画，也都临摹在墙上，比如《蓝色贵妇》《戏牛图》等。游客大都拿着图册，对照书本与现场，仔细阅读，低声评论。单靠残垣断壁，就能吸引世界各地游客络绎不绝前来观赏，固然缘于欧美人对自家文明的强烈认同，更跟受教育程度大有关系。这样的游览，需要知识准备，也需要想象力。就像中国的高昌古城，那样的遗址公园，普通百姓兴趣不会很大。这也是不断有人呼吁重建圆明园的缘故。

买了两块陶制的壁挂，回到城里，找地方吃饭。安琪记得前天参观土耳其教堂时，旁边有一很幽雅的咖啡馆，应该有本地菜肴供应。梧桐树下，摆着十几张小桌子，看得出多是本地人，一杯咖啡或果汁、奶茶什么的，或聊天或看报，很悠闲的。不单顾客，侍者也不着急，一切都是慢慢来，按部就班。从坐下来到点上饮料，总共花了20分钟。然后被告知，想要饭菜，自己进去取，一份5欧元。十几种希腊点心及冷菜，最感兴趣的是，居然在这儿找到水煮苋菜，虽说没怎么调味，但挺亲切的。罗总结，这里的服务人员，从售票员到侍应生，都"很有尊严"。即便卖旅游纪念品的，也不怎么吆喝，只是默默地站在你旁边，你选中了，才凑上来收款。只有在海湾边上，饭馆太多，竞争激烈，侍应生才会站在门口，根据来者的特征，使用各种语言招揽生意。见到我们，多用日文或中文打招呼（"您好""好吃""便宜"）。随着欧洲旅游市场对中国人整体开放，若干年后，准有中国人加入竞争。不知道那时候，此地的侍应生还会如此优雅否？

16：30回到家，太阳甚好，相约下海去。17点出门，18点

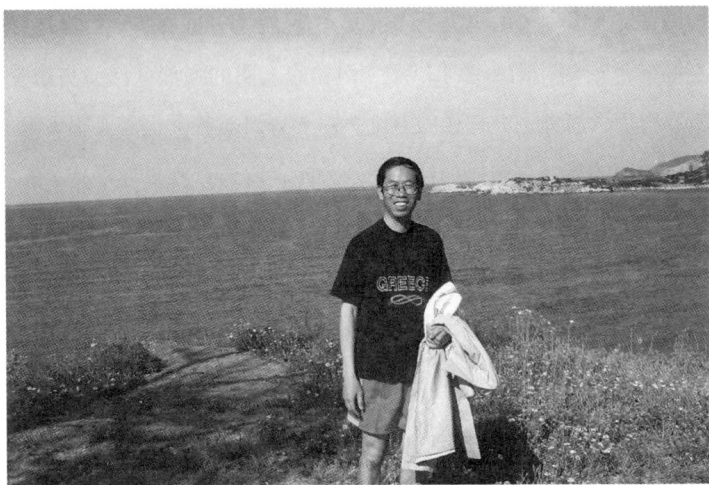

下海去

归来，加上走路以及在沙滩上晒太阳，其实也才活动了一个小时。沙滩上，走来一对老夫妇，没有八十，也有七十好几，放下行李包，脱掉外衣，下海去了。弄得我们这些躺在布椅上晒太阳的，都有点不好意思了。活动活动身子，逐渐扎进还是很冷的地中海。游泳技术本来就有限，加上不熟悉大海的脾性，不敢游太远。不过，稍微离开海岸，海水真的很可爱，喝上两小口，感觉上似乎比别的地方的海水咸。

晚上，继续读《希腊神话》。

# 坐在人造礁石上遐思

2004 年 4 月 25 日，星期日，阴

今天不出门，在家读书。

上午读在这儿买的英文本《克里特指南》和《伊拉克里翁考古博物馆》，回味这几天的米纳斯文化之旅，顺带翻读有关希腊艺术的资料。

午饭后，相约去看这里的小港口。原本以为巴梨甚小，也就几十户人家，其实大不然。平日急着上公路，这回倒过来，往相反方向走，上坡下坡，居然走了将近半小时，才到达作为终点的小港口。沿途还有好几家带花园的旅店，还有不少民宿性质的小楼，点缀着各式鲜花，很漂亮。面海的一边，几十家饭馆及咖啡馆，游人不少，除了在此地住宿的，也有开车前来游玩的。小港口有十多艘渔船，岸边水泥堤上还晒着米黄色的渔网。更多的是游艇，上有各饭店的徽记。昨天下海游泳时见到的那艘大游船，也靠在码头上。

享受此刻的安宁

港湾最突出部分，垒着各式大石块，爬上去，坐在这人造礁石上，面对大海，享受温润的海风，以及轻轻拍打着礁石的海浪。不想说什么，只是静静地，让文明史、民族性、艺术创造等重大话题，渐渐地沉入海底，就享受此刻的宁静。

回家路上，在一海边餐厅喝下午茶，味道不怎么样，就是风景好。已经接到通知，返程航班改变，明早 10 点就得打道回府，结束这回潇洒的假期。

安琪发现饭店有乒乓球台，于是，相约打球去。在异国他乡玩"国球"，感觉很奇异。还没开打，我就声明：肯定我的水平最高。

原因是：这是最容易普及的运动项目，我这个年纪的，大都能打两手；年轻的朋友，有更刺激、更时尚的运动项目可供选择。果不其然，诸君水平不高，但玩得很开心。

回到宿舍，读周作人关于希腊的诸多文章。好些年前编《北大旧事》及《北大精神及其他》，也曾特别关注他的《北大的歧路》，里边强调对于西方文化，不该只看文艺复兴以后的，古希腊尤其值得注意。"我总以为只根据英美一两国现状而立论的未免有点笼统，普通称为文明之源的希腊我想似乎不能不予以一瞥，况且他的文学哲学自有独特的价值，据臆见说来他的思想更有与中国很相接近的地方，总是值得萤雪十载去钻研他的，我可以担保。"此老的趣味及目光，历来佩服。世人多知其为著名的"知日家"，其对于日本文化及人情美的礼赞，极有见地；但此君为医治国人的麻木猥琐，选择译介希腊文化作为自家的志业，更值得欣赏。

晚饭后与三位女士聊天，谈中国人和法国人的宗教意识，以及如何看待死刑问题。

# 高高山崖上的黑山羊

2004 年 4 月 26 日，星期一，巴梨阴雨，巴黎大晴天

早餐时，三位女士竟都抱怨腰酸腿痛，说是打乒乓球的缘故。其实，应该归咎于连续几天的旅行，还有昨天下午上坡下坡的海港之旅。我还好，没什么感觉。不过，因为没抹防晒霜，真的晒黑了。四人中，就我"度假"的成果最为明显。据说巴黎稍微有钱的，夏天都必须出去度假，才显得优雅且富有。为了假期结束后能有一身黝黑的皮肤，没钱旅游的，也关在院子里晒太阳。餐厅里，很多法国人手臂晒得红红的，像煮熟的龙虾。但没用，据说很快就褪色。而我呢，未晒先黑，想白都白不起来。中国人涂增白霜，法国人则努力抹黑，大概这就是人类的天性，希望得到自己所没有的。

刚到时，酒店给每人手上戴上一蓝色的带子，除非剪断，否则取不下来。大概是为了辨识，怕其他人混进来吃饭或娱乐。可实际上，每回进餐厅，没必要撩起袖子。这些天在各处游览，看

见有戴黄色带子的，有戴红色带子的，看来有此馊主意的，不止一家。安琪说，戴上这带子，像是动物，她不喜欢。走前，本该剪掉，还想多戴一天，给晓虹观赏。

告别"天堂"时，天阴，有小雨。依旧是山海之间，车走伊拉克里翁，路上见一黑山羊，站在高高的山崖上，昂首挺胸，极目远眺，很威风。当然，不是给我们送行，千万别自作多情。除了侍者很有尊严，从不对顾客媚笑，还有就是，这么多天的游荡，居然没见过一个乞丐，真是难得。因为，希腊的经济，在欧盟各国中，是比较差的。经济上不是很富裕，但文化上极端自尊，这不错。

离登机还有两个小时，坐下来，读《克里特指南》。原先只是零碎的感觉，有了历史这条线，轮廓逐渐清晰起来。这既是文明古国，也曾经长期遭受各种力量的入侵。现在见到的，是诸多文化层的叠加，有公元前16世纪的米纳斯王宫，也有公元16世纪的威尼斯城堡，还有今天的蓝天白云、大海涛声以及对于祖先光荣的回忆。所有这些，都是真实的，都值得珍惜。

飞机上继续读《德里达中国讲演录》，总算大致理解了他的思路。

从彼巴梨又回到此巴黎，机场颇复杂，转了半天，才来到RER2线车站。下午6：05回到大学城，完满结束此次克里特之旅。马上给晓虹打电话，她正在装行李。

晚上，处理电子邮件，为诺顿（NORTON）升级，读新闻，从"古代"回到"现代"。

（初刊《书城》2008 年第 6 期，略有删节）

欧
游
散
记

## 小城果然故事多

十几年前，第一次听邓丽君唱"小城故事多"，心里颇不以为然。那时我刚告别单调的小城生活，正为大都市的经济活力与文化氛围所陶醉。

随着时间的推移，对于现代化大都市狰狞的一面，逐渐有所领略。这时候，家乡清纯脆亮的石板路，又重新在记忆里浮现。当然，我心里明白，这只不过是"怀旧"而已。偶尔"重归苏莲托"，感觉很好；可真要我重新回到小城生活，目前还没有这种勇气。别的还好说，那由博物馆、旧书店、音乐厅、大学校园以及"谈笑有鸿儒，往来无白丁"所组成的文化氛围，便不是金钱所能买到的。于是，在喧嚣的都市与平淡的小城之间，我只好选择了前者。

这一回的欧游，拜访的主要是"大学城"。邓丽君的歌声，在这儿反而得到了印证。10万左右的居民，其中大约四分之一是来自世界各地的学生；走过几百年风雨历程的大学，拥有众多活跃在国际学界的"明星"；每幢饱经沧桑的建筑上，都镌刻着一连串动人心魄的故事……不难想象，这些小城的厚重感与生命力。对习惯于将政治中心、经济中心与文化中心重叠在一起的中国人来说，坐在小城的咖啡馆里，听当地的教授"指点江山"，别有一番滋味。

荷兰的莱顿大学，对于中国的人文学者来说，或许真的用得上"如雷贯耳"四个字。别的不敢说，其汉学研究的水准，在欧洲首屈一指。此次组织"现代中国文学场"研讨会的国际亚洲研究中心（IIAS），则是由莱顿大学、阿姆斯特丹大学、荷兰皇家艺术科学院等机构共同组成的，目的是在人文社会科学领域促进国际性的跨学科研究。所谓参加"国际会议"，除了穿西装打领带交朋友念论文外，应该还有别的什么值得追忆，要不未免太单调了。

还没到达莱顿，"我的故事"已经登场。会议的组织者 H 君，专门开车到阿姆斯特丹接我们。正是数九寒冬，不见遍地的郁金香，只有偶尔出现作为点缀的大风车，提醒你确实已经到了荷兰。风景既无可观，于是改为聊天。说着说着，主人突然严肃起来，欲言又止，弄得你不知道发生了什么可怕的事情。

"是谁给您提供出席会议的费用，知道吗？"主人大概觉得玩笑不能开得太大，免得对方尴尬，赶紧自己揭开了谜底："是义和团。"

这确实不是个愉快的话题。这些年多次出国参加学术会议，用的都是人家的钱。一说邀请大陆学者参加，就意味着会议组织者必须提供来回机票以及食宿费用。这种格外的优待，当然是基于对目前大陆学者生存状态的同情。意识到这一点，感觉总是不太舒服。也知道有些国家把庚子赔款用在与中国相关的文化事业，但明白某次旅行，用的是老祖宗的血泪钱，这还是第一回。

连续几天的"学术轰炸"，出门来几乎分不清东西南北；再加上那场据说是百年未遇的大风雪，更使游兴大减。必须裹得严严实实才敢上街，不能随便回头张望，以免寒风长驱直入。如此一来，未免委屈了这座七百多年的文化古城。

终于，雪晴了，太阳出来了，可旅人也必须上路了。还有一个多小时的闲暇，搁下行李，漫步街头，品味小城的宁静与悠远。回家来，欣赏当初拍下的照片，忽然感觉晨曦中正在苏醒的小城，似曾相识。不是说那刚刚熄灭的路灯、那不再飞舞的风车，也不是说那几天前还碧波荡漾、如今则光可鉴人的莱茵河，而是说小城清晨特有的"妩媚"。

这种难以言传的"小城风情"，在德国的海德堡，再次得到了证实。同样是大学城，海德堡更以风光旖旎著称于世。每年夏天，这里到处都是来自世界各地——尤其是日本——的游客。我住的旅馆里，只提供德文和日文的旅行指南；好在书店里不难买到关于海德堡的英文书籍。其实，内卡河畔神奇的古堡，以及这座小城的"万种风情"，不待阅读"指南"，我早已了然在心。行箧中夹有一册金耀基所著《剑桥与海德堡——欧游语丝》，闭上眼睛，海城斑驳的历史以及清脆的石板路，就会在眼前自动呈现。以至当 Y 女士带我参观古堡时，竟误以为我对德国的历史文化"颇有研究"。

亮出底牌，两人相视大笑：一样喜欢旅游，也一样喜欢读学者撰写的游记。诗人注重主观感受，其游记只是表达某种心情；而有性情能文章的学者，若落笔为文，必然更多历史文化的韵味，更适合于作为我辈的"旅游指南"。在日本漫游时，黄遵宪、周作人等人的诸多著作，都曾给我很大的帮助；这回的海城之行，则幸亏有金氏的"语丝"为先导。

除了在海大汉学系的两次演讲，没有其他的公务，尽可独自一人，在大街小巷游荡。小巷深处，未曾闻"卖花"，但不时飘过少男少女的朗朗笑声，提醒你古城青春常在。这种历史与现实、瞬间与永恒、高雅与世俗的奇妙组合，在小城里随处可见。神圣威严的教堂边，摆着几个很不起眼的旧书摊；市政大厅前，周二早上成了农产品交易场；四百多岁的骑士旅馆，竟与麦当劳快餐厅比邻而居；新大学校园的建筑里，镶嵌着600年前的巫女塔。更加不可思议的是，古堡里豪华的宴会厅，而今还能提供服务，而且收费不算昂贵。

第一眼见到这残缺的古堡，是在夜里。梦幻般的彩灯，打在古老的城堡上，情趣盎然，但过于夸张，似乎进入了童话的世界。说实在的，感觉有点失望。第二天小城漫步，从各个角落仰望那高高在上的古堡，这才感慨"名不虚传"。时值隆冬，太阳疲惫不堪，难得露脸。残缺但仍显得相当巨大的绛红色建筑群，不太耀眼，也不太奢华，凄清忧郁的神情，正与其饱经沧桑的身份相吻合。

远眺海德堡

海德堡老桥建筑

也曾循例购票进入古堡，听导游绘声绘色地讲述遥远的故事，抚摸那半真半假的残垣断壁。可更让我难以忘怀的，还是跨过古桥，沿着半山腰的哲人之路，慢慢品味河对面夕阳下若隐若现、如歌如泣的古堡。据说，这条小路上，曾经走过无数深思宇宙与人生奥秘的哲学家，而我却在路边荷尔德林诗碑前徘徊。或许，对于德意志民族来说，诗歌与哲学，本就息息相通。"哲人之路"，也就是"诗人之路"。

只谈青山绿水、小巷古堡，以及诗歌哲学，其实未足以尽海城。偶然发现我住的旅馆旁边，有座窗户很小的高大建筑，询问主人

W君，方知是监狱。这座据说只关小偷的监狱，恰好与数百年前的巫女塔遥相呼应，似乎在提醒游人，"浪漫之城"里，同样也有秩序与权威、惩罚与暴力。

从德国境内最为年长的海德堡大学（1386年建校），转移到同样名列前茅的图宾根大学（建于1477年），与老同学Y君会合，开始了新一轮的访古与探幽。除了必不可少的瞻仰前贤遗迹（主楼里挂着著名学生如开普勒、黑格尔、谢林、荷尔德林等的画像），以及登高望远一览小城风采，还有"不足为外人道也"的俗务：买双合脚的皮鞋。并非认定此地皮鞋价廉物美，而是"足下"太不争气，竟经不起欧洲小城石板路的连续敲打。

接下来的黑森林之旅，同样值得一说。为了刺激国人乘火车旅行的欲望，当局规定假日里五人一票，只需35马克，便可随意周游——唯一的限制是不能乘快车。抓住这机会，与Y君等早出晚归。先是深入黑森林，转道康斯坦察，拜会位于德国、瑞士、奥地利交界处的博登湖；再沿着尚是小水沟的多瑙河，寻访知名或不知名的大教堂。回到图宾根，已是万家灯火，而且雪花正纷飞。

但愿假日车票制度，能够"发扬光大"。这样，下回访问欧洲，将有更多可爱的小城，进入我的旅行计划。

1996年3月11日于京西蔚秀园

（初刊《中国对外服务》1996年第3期）

## 无法回避的"1968"

　　除了迫在眉睫的东亚金融危机、美国总统绯闻、大陆抗洪抢险，1998年的中国新闻界和文化界最为关注的历史时刻，莫过于1898和1978。戊戌变法的"悲壮"，配上改革开放之"明朗"，这一回的历史回顾，总的基调是振奋人心的"一路上扬"。

　　一个偶然的机会，我遭遇了另一个同样无法回避的年代——1968。8月间，捷克的查理大学（Charles University）为纪念650周年校庆，举行了一个国际性的汉学会议，我有幸在欧洲的历史文化名城布拉格生活了半个月，体味了另一种形式的回眸。作为一个匆匆的过客，根本无力深入捷克人的历史记忆，借助若干事先的铺垫，我才得以大致理解这个话题的沉重与不可或缺。

　　这得归功于收拾行李时的"灵机一动"。护照、机票、钱，这出门旅行的"三大件"，一下就收拾停当了。依照惯例，总得带点书，路上可消磨时光。闲书好说，随手就能抓到几册，足以陪伴我"浪迹天涯"。可就是对于即将相遇的"主角"布拉格,我和妻子均一无所知。据说,出外旅行时,最好不要依赖任何书本知识——尤其是"旅游指南",这样,才能凭自己的眼光去鉴赏,也才有自己独特的发现。此说更适合于自然风光,而不是历史名胜——对于后者,没有一定的知识准备,真的只能"瞎子摸象"了。不够高雅的我们,还是决定临时抱佛脚,旅途上补补课。

关于布拉格,手头只有一册泽曼(Zeman)著、上海市"五七"干校六连翻译组译的《布拉格之春——1968年的捷克斯洛伐克纪实》,是80年代末在海淀的一个旧书店买的,上面盖有某某部队宣传处的章。"文革"中为了"反修防修",出版了一些有趣的译著,此书即其一。与布拉格关系密切的作家,我只知道卡夫卡和米兰·昆德拉。家里明明藏有《城堡》和《卡夫卡短篇小说选》,但一时找不着。再说,旅途上拜读卡夫卡,也未免太沉重了。书架上恰好立着韩少功等翻译的《生命中不能承受之轻》,明知昆德拉的笑比哭还难看,不过别无选择,只好带着它上路。

事后暗自庆幸,也幸亏有这两册"内部发行"的旧书,我才不至于在交织着历史与现实的梦幻般的布拉格完全"迷路"。


## 布拉格的1968

飞机上读泽曼的书,惊讶地发现,我们到达布拉格的前一天,正好是苏军入侵捷克 30 周年！泽曼虽然是史学家，《布拉格之春》却更像出自新闻记者之手。作者 1968 年 4 月重归布拉格，目睹其发生巨大变化，激赏杜布切克上台后采取的一系列改革措施，渲染整个社会呈现的自由气氛，顺便回顾捷克苦难的历史以及丰厚的文化传统，力图解释"布拉格之春"的由来。据作者称，书成于 7 月，8 月事变后又添写了几页，属于交代结局，故只有寥寥数语："像深夜的窃贼那样，他们的军队在 8 月 20—21 日越过了捷克斯洛伐克的边界。莫斯科的统治者们的关心、忧虑和自我安慰，立即变成令人震惊的极不合适的行动了。"

大概是意识到这方面的缺陷，中译本附录了由两位英国记者撰写的《捷克的胜利与悲剧》，其中"闪电式的入侵"一章，详细描述那一次"虽然是一种军事胜利，在政治上却是全盘的失败"的占领。8 月 20 日夜里 11 点，一架苏联客机因"机械故障"要求在布拉格附近的国际机场紧急降落——那是谁也无法拒绝的借口。客机上冲出来的突击队员，迅速占领了空中交通指挥塔；几分钟后，装载着大批坦克和士兵的苏军运输机源源不断地到来。至 21 日拂晓前，布拉格所有重要的政治目标及军事设施，都已在苏联人的掌握之中。一早醒来，布拉格市民听到的广播，是已经成为阶下囚的总统呼吁国民不要采取"无益的对抗行动"。连同后续部队，在这一次"完美的闪电战"中，苏联人总共投入 50 万兵力。也就是说，大约 26 个捷克人就能摊上一个侵略军！军事上的对抗，确实只能是"鸡蛋碰石头"。可这不等于说，作为政治军事大国的苏联，可以为所欲为——西方世界的强烈反应不在话下，周恩来总理也代表中国政府，于事变后的第三天公开谴责这一强盗行径。当然，真正的民族独立与复兴，还是只能寄托在捷克人身上。

在《布拉格之春》中，作者落墨最多的，除了杜布切克为首的党中央，便是充当思想解放运动急先锋的文艺界。其中提到作家协会的两个活跃人物，对今日中国人来说，应该是耳熟能详——一是著名剧作家哈维尔，一是《玩笑》等小说的作者昆德拉。苏军入侵后，后者流亡法国，继续坚持独立思考及创作，成为享誉全球的小说家；前者则留在国内，参与发起"七七宪章"运动，后又与其他反对派组建"人民论坛"，并在1989年的"天鹅绒革命"后当选为捷克总统。不管是前者的政治行动，还是后者的小说创作，"1968"，始终是无法回避的话题——尽管昆德拉明确表示，不愿意人们把他的小说简单归结为"反斯大林主义"。1989年11月"人民论坛"发起的全国总罢工，直接针对的便是苏军入侵，并要求为杜布切克领导的改革方向正名。12月3日，刚刚成立的新政府发表声明，指责苏联出兵捷克乃破坏主权国家之间的关系准则；次日，苏联、保加利亚、匈牙利、波兰、民主德国等华沙条约五国首脑在莫斯科联合宣布，为当年的军事入侵道歉。至此，"1968"作为一个重大历史事件，终于赢得了比较美满的结局。

假如事件发生在上古、中古，20年不算什么，真的是"弹指一挥间"。可如此巨大的挫折，发生在国际竞争如此激烈的20世纪，对于一个民族、对于整整一代人，都是致命的。我不相信捷克人会轻易放过这个题目——即使在事件已经平反的10年之后。果不其然，我们到达的前一天，上午10点和下午4点半，布拉格有两个大型纪念集会。可惜我们无法亲临现场，只是在英文周报《布拉格邮报》上读到这则消息。

这一期的《布拉格邮报》（1998年8月19—25日），除了若干纪念活动（包括举办摄影展、音乐会以及连续播出有关纪录片）的报道外，更刊载了近十篇谈论"1968事件"的文章（其中哈维尔的《1998：进化的三十年》，是从年初的演讲摘录的）。最让我感兴趣的是由Alex Friedrich撰写的报纸头条《作为伟大的分界线的1968》，因其直面一个不难想象的难题：年长的一代依然喜欢谈论1968，年轻的一代却忙于应付1989年"天鹅绒革命"以后五彩缤纷的新世界，"不希望再回忆过去"。文中特别点了查理大学法学院21岁的青年学生H君，不愿意参加任何有关1968年流血冲突的纪念仪式。作者对国民之"健忘"忧心忡忡——这大概也是编辑部同仁的意见，否则不会故意在B5版的《三十年后：难忘"布拉格之春"》安排两幅如此刺激的照片：上图是举着溅血的国旗以示抗议的年轻人，下图是查大附近老城广场上架着机枪的苏军。此特辑的"导读"，更见编者的用心：画面的前景是苏军坦克上的大炮，背景则是横眉冷对的布拉格市民，标题为《铭记

布拉格老桥

1968》，说明文字则是："30年前，苏联的坦克驶过街道，碾碎了起始于'布拉格之春'的希望。"

不懂捷克语和德语，再加上背景知识模糊，对于"布拉格之春30年祭"，我仍属隔岸观火，不敢谬托知己。即便如此，我还是尽量去感觉与聆听这沉重的历史回声。会议中间有半天休整，和妻子直奔布拉格城堡旁边捷克笔会前面的小广场，那里有一个1968年的报纸展。广场不大，用绳子拉成几圈，悬挂着许多用塑料薄膜夹着的旧报纸——其中尤以苏军入侵前几天的为主。文字看不懂，图像则历历在目；纸张早已泛黄，愤怒的抗议者音容犹在。30年前的老照片，早已进入中老年的主角如今安在？是瘐死牢狱，成为烈士；还是驰骋商场，飞黄腾达？全都不得而知。参观的人不多，且年纪偏大，全都一脸严肃，没有人大声喧哗，似乎担心惊醒这历史的幽灵。如此朴素的展览，不见任何"形象设计"的痕迹，全靠事件本身打动人。相对于老桥以及城堡的"士女如云"，这里显得过于寂寞。

朋友告知，查大附近老市政厅里有一"布拉格之春的故事"专题摄影展，值得一看。等到会议圆满结束，游览南波希米亚归来，终于踏进旧市政大厅时，却无论如何找不到影展。询问售票小姐，方才得知，摄影展三天前就结束了。微笑的小姐连比带画，建议我参观取而代之的"京都文化周"，说是"日本确实很美"。"我同意。可我还是更愿意看看'布拉格之春'。"听到我的回答，小姐显然有点感动，当即画了一张简图，说是在某条小街的一个俱乐部里，还有一个性质相同的展览，规模不大，但也不无小补。寻找那小巷深处的"布拉格之春"，对我来说，实在有点艰难，只好辜负了小姐的一片好意。

直到握手道别的时候，才猛然间想起一个问题：选择8月22—29日开会，组织者是否有意让我们亲身感受"布拉格之春"的永久魅力？看米琳娜教授跑前跑后应付众多客人，忙得不亦乐乎，我悄悄走开，不想再寻根究底。

在归途的飞机上，重读会议文件夹里的《布拉格邮报》，妻子和我一致断言：苏军入侵后远走他乡、两年前才回来出任查理大学访问教授的米琳娜，其会议日程的安排，必定是"寄托遥深"。

## 镜头下的 1968

走在布拉格的大街上，随处可见题为"1968"的摄影展广告。因而也就不难想象，我是从什么地方起步，开始我的"1968 之旅"的。组成广告画面的六幅作品，仔细辨认，"布拉格的抗议"只占其一。这正是摄影展所要表达的主旨——尽管东西方社会制度不同，布拉格市民之抵制苏军入侵与美国黑人之抗议种族歧视、法国学生之质疑现存建制，很难相提并论，但都是"1968"这大动荡大变革年代的产儿。不用多说，单看广告，展览组织者的思路也一目了然。接下来的问题是：中国呢？正处于"文革"高潮中的中国，是否也被纳入此"世界秩序崩坏"的时代？

位于布拉格城堡区的展厅，面积不大，布置简单，门票却要40 克朗，大概广告花费太大了。但平心而论，展出的照片艺术水准很高，不必精心布置，也有很强的震撼力。十多位摄影家从不同的角度，用镜头记录并阐发其对于"1968"的感觉与印象。正如展览的前言所说的，"1968，这是一个在事件和影像方面同样丰富多彩的年度"。借助于摄影家而不是编年史家，直面风云激荡的1968，对我来说，是极为难得的机会。

展厅的正中，一字排开九幅有关"布拉格之春"的图片：街头的乐队、老头儿开朗的笑容、苏军坦克前愤怒的市民、举着自焚学生照片的抗议集会，所有这些，连我都感觉很熟悉，可想而知，这并非此展览的特色所在。展厅四周墙上，悬着近百幅黑白照片，奇怪的是，有的打灯，有的没打，理由何在，不得而知。

反对越战乃欧美学生运动的一个主要契机，第一幅必须定调子，故不大受年度限制，选择了马克·吕布（Marc Riboud）摄于1967年10月21日（华盛顿）的图片作为开篇：一脸稚气的少女，持一枝鲜花，与全副武装的军警相对抗。这一年，美国发生的大事实在太多了：4月4日，黑人民权运动领袖马丁·路德·金在田纳西州孟菲斯市被枪杀，全美一百多城市因而爆发骚乱；4月22日，哥伦比亚大学学生会因反对越战和种族歧视，与学校当局发生一系列冲突，最终导致1000名警察冲进大学校园搜捕698名闹事的学生；6月5日，反对扩大越战的美国总统候选人罗伯特·肯尼迪遇刺身亡。所有这些，都在镜头下得到生动的呈现。此外，还有不少1968年美国人日常生活的画面。

与此相比，英国、德国、墨西哥、古巴、日本的学生运动，都只是一闪而过。只有法国"五月风暴"的详细报道，足以引起较大的关注。其中学生占领巴黎索邦大学的那张照片，可能最为中国读者所熟悉——今年10月号的《开放时代》还将其作为配图，可惜文章与此无关。画面中间是跷着二郎腿、横眉冷对的青年学生，两旁的大柱，分别贴着列宁和毛泽东的头像。我对这张照片感兴趣，还有一个原因，这是展览中唯一与红色中国有关系的图像。在"1968"的世界图景中，完全漠视"文化大革命"的存在与影响，我以为是不恰当的——具体评价另当别论。

那年的5月18日，中共中央发布《重要通知》，批评"世界革命的中心——北京"这一提法，上面有毛泽东的批示："这种话不应由中国人口中说出。"但毛泽东没有说，如果这话由外国人口中说出，我们是否感觉很受用。经历过"文革"的人，大概都会记得，那时确有以"世界革命的中心"自居的意味。而且，这种感觉并非"空穴来风"——毛泽东"彻底砸烂旧世界"的革命宣言，对于西方世界的激进学生，不无吸引力。摄影展取消了这一思想史线索，实在有点可惜。当然，也可能是无心之过——缺乏合适的图像资料。因这毕竟是若干摄影家的联展，而不是世界史教科书。

比起面面俱到的教科书来，聚焦于若干重大事件的摄影展，其独特魅力毋庸置疑。假如中国人也能广泛征集照片，选择发生在"1968"的典型场景，办一个专题影展，我相信，其震撼力，必定胜过千言万语的控诉。

## 中国人的 1968

1968 年的元旦,"文革"中领尽风骚的"两报一刊"联合发表社论《迎接无产阶级文化大革命的全面胜利》。这一年,除了将"党内头号走资本主义道路的当权派"刘少奇永远开除出党外,还有好多值得一提的重大事件。

5 月 16 日,北京大学文化革命委员会在民主楼后面的平房建立了"监改大院"——俗称"牛棚",关押并打斗大批学者和干部。这种残酷的"游戏",很快风行全国。

5 月 23 日,于会泳在《文汇报》发表文章,首次系统阐发"三突出"的创作原则。这个"文革"中响彻云霄的口号,对文艺界的百花凋零负有不可推卸的责任。

8 月 25 日,中共中央下发《关于派工人宣传队进学校的通知》,在平息校园武斗的同时,开创了"大老粗"管理高等学府的先例。此举尽管流弊丛生,却一直延续到 1977 年 11 月,方才被正式撤销。

9 月 5 日,西藏、新疆革命委员会成立,《人民日报》欢呼"全国山河一片红"。对于集邮爱好者来说,这一事件的意义,主要体现在一张没有真正发行、现在已价值连城的"错票"上。

10 月 5 日,《人民日报》在一篇文章的按语中,传达了毛主席的最高指示:"广大干部下放劳动,这对干部是一种重新学习的极好机会,除老弱病残者外都应这样做。""五七干校"作为消灭异己、惩罚知识分子的绝佳手段，近年仍未受到深入的批判。

12月22日，《人民日报》发表题为《我们也有两只手，不在城市吃闲饭》的报道，"编者按"中引述毛主席的另一最高指示："知识青年到农村去，接受贫下中农的再教育，很有必要。"以此为开端，先后有1600万知青被卷入这场史无前例的上山下乡运动，浪费了整整一代人的青春年华。

"牛棚""干校"与"知青下乡"，此三大举措，均属"文化大革命"的"伟大创举"，中年以上者，大概都会有深刻的记忆。年轻一代可就不一样了，对他们来说，此等类似"天方夜谭"的故事，"挺好玩的"。这与回忆录的写作姿态有关——时间的过滤，使得当初之惨烈，化作"白头宫女话玄宗"般的闲适。比如，提及"五七干校"，集中关注的是田园风光与文人逸事；回忆上山下乡，又有"青春无悔"之类的大话。不妨换一个角度，让镜头直接说话。镜头所呈现的"画面"，比起30年后追忆的"文字"，较少受时间的歪曲与侵蚀。锁定若干标志性的事件，让作为事件的"1968"在某种程度上复活，并非绝无可能。强调这一点，是因为相对于"光荣的"1898或1978，1968之浮出历史地表，要艰难得多——重提不堪回首的往事，可能撕开不少"已经痊愈"的伤口，也可能使不少当事人脸面无光，更可能触及不少"已成定论"的历史评价。

季羡林先生有个"十分不切实际的期待"，希望当初把人折磨至死的"造反派"，能够"在灯红酒绿之余，清夜扪心自问"，并将其"折磨人的心理状态和折磨过程"写成书，留给后代阅读研究（《牛棚杂忆》，北京：中共中央党校出版社，1998）。在一个基本上没有忏悔传统的国度，季先生的期待大概只能落空。不管是巴金的倡议建立"文革"博物馆，还是季羡林的写作《牛棚杂忆》，都不是一般意义的"我控诉"，而是希望借此话题，认真反省这个民族以及这段历史。作为这段历史的参与者，你可以辩解，可以怀旧，可以质疑，当然也可以批判；唯一不能容忍的是遗忘。如我辈初涉世途，既非当事人，又非一无所知者，偶然与之相遇，也都永久不得安宁。

作为20世纪人类历史上关键性的一页，"1968"不可能被轻易抹杀。今年5月号的《读书》与《天涯》，均载文谈论法国30年前的"五月风暴"，而且都提及法国知识界对"六八事件"的直面与不断重读，乃是其学术发展的基本动力。"事件"早已死去，但经由一代代学人的追问与解剖，它已然成为后来者不可或缺的思想资料。在这个意义上，我甚至有点怀疑，近二十年中国学界之所以成就不大，与我们没有紧紧抓住诸如"1968"之类的关键题目，进行不屈不挠的"思维操练"有关。

1998年10月12日于京北西三旗

（初刊《万象》创刊号，1998年11月）

## 立国的根基

民国初年，有一本畅销书叫《玉梨魂》。小说结尾处，作者徐枕亚为了表白志向远大，称自家虽"有东方仲马之名，善写难言之情愫"，但对于那个哀感顽艳的爱情故事始终拿不定主意，直到获悉男主人公武昌首义时英勇捐躯，方才觉得可以"润我枯笔"。如此道德化的陈述，今人很可能不以为然；可选择写还是不写，与事态的发展方向有关，这点我信。就拿法国科研人员及大学教授的抗议游行来说吧，如果不是读到政府表示愿意修正错误的"法新社巴黎4月8日电"，我是不会动笔的。

刚到巴黎不久，就碰上了法国科研人员的抗议游行，看得我目瞪口呆。作为民主国家，每天都有人愤怒，有人上街游行，这很正常。让我深感困惑的是，这回走上街头的，不是失业劳工，而是衣冠楚楚的科学家；提出的口号，既不是祈求和平，也不是性别平等或种族融合，而是"拯救科研和大学！"。如果这事发生在社会混乱或经济落后的国家，很好理解；可这里是"文化之都"

巴黎！在我心目中，法国的教育、文化、科技十分发达，在全球化进程中，是少数几个敢于坚持，而且有能力坚持自己的文化理想的大国。连法国人都必须靠游行来"拯救科研和大学"，那可真是糟糕透了。

因此，当国内媒体获悉此"巴黎故事"，希望我就近观察并撰写文章时，实在提不起兴致。约稿是谢绝了，观察却仍默默地进行。不敢谬托知己，也说不上同病相怜，只是觉得争论中涉及的问题，比如公平与效率、经济增长与社会福利、长期效应与短期目标等，都是我们正面对的。

其实，早在今年年初，政府与科学家的对抗便已经开始。针对拉法兰政府拖欠科研经费、冻结科研基金、削减科研岗位，以及把研究部门的若干公务员职位改成合同工，五千科学家联名上书表示抗议。这封公开信，在知识界引起极大震撼，很多人纷纷响应。一开始，政府显然低估了科学家的决心与能量，迟迟未能做出合理的答复。于是，就有了我刚到巴黎时看到的那一幕：3月3日，数百名身穿白大褂的年轻研究员躺在索邦广场奥古斯特·孔德雕像四周，抗议"科研死亡"；3月9日，两千名法国科研实验室负责人以及科研项目主管宣布集体辞职，以回应政府的消极态度。紧接着，便是成千上万的科研人员及大学教师走上街头。巴黎一大董事会甚至发表公告，呼吁大学界参加3月19日举行的示威游行，理由是："反对剥夺整整一代年轻人希望的政策。"

巴黎国际大学城

　　政府终于意识到问题的严重性，可几番协调，都没能缓解危机。结果呢，3月下旬举行的地方议会选举，执政的右翼政党输得一塌糊涂。民意测验显示，执政党之所以惨败，主要是因为选民对政府实行的经济政策和社会改革不满，而科学家及大学教授的抗议声音，无疑起了很大作用。3月底，总统希拉克终于出来讲话，一是强调法国目前的状态很不乐观，除了改革，别无出路；二是称政府听到了民间的声音，准备调整若干决策。

　　接下来的，就是我文章开头提到的"法新社巴黎4月8日电"：新任国民教育部部长菲永与研究部门的代表谈判后，发表了简短的声明：政府取消前议，将于"短期内"在研究机构设立550个研究岗位，并将于2005年1月以前在全国各大学增设1000个岗位。至此，科学家及大学教授三个多月的抗争终于大获全胜。

对于此事之急转直下，并最终获得圆满解决，我感慨良多。第一，民主制度的自我调节功能，确实非同小可；如果不是选举失利，政府不可能收回成命。之所以冒天下之大不韪，裁减科研经费，政府确有难言之隐。那就是财政赤字高攀，失业率回升，市场消费低迷，劳资矛盾激烈，眼看不改不行。第二，既然是改革，必定触动某些人的利益。到底哪些该牺牲，哪些能获益，这取决于政治家的眼光，也受制于国民的素质。每个人都有难处，都有自己的利益诉求，相比之下，哪个更重要，非优先解决不可，这是个巨大的考验。科学家一上街，当即获得81%的普通民众支持；于是，平息科学家的愤怒便成了政府的头等大事。这种国民的共识，其实很难得。因为政府的钱毕竟有限，向大学及科研机构倾斜，意味着其他方面的投入相对减少。第三，针对改革有利于私营大企业以及富有阶层，而很少顾及下层民众，希拉克总统做了很好的辩解。但有一点，双方都没有说破：国家的长远利益与政府的短期业绩，二者怎样平衡？一旦发生矛盾，又该如何取舍？十年树木，百年树人，靠教育及科技兴国，不可能一蹴而就；严重的财政赤字，却足以让一届政府迅速垮台。这个时候，需要良知，更需要勇气。

那天与法国朋友聊天，为了说明在中国人眼中，教育乃立国之本，一时兴起，竟掉起书袋来，说当年普法战后，普鲁士首相俾斯麦曾指着学生称："我之胜法，在学生而不在兵。"康有为正是用这例子来说服光绪皇帝，开始变法维新的。法国朋友一时跟不上我的思路，竟瞪着眼睛喊：要和平，不要打仗！

2004 年 4 月 10 日于巴黎国际大学城

（初刊 2004 年 4 月 27 日《文汇报》，改题为《巴黎的教授故事》）

## 消逝了的豪宴

临走前一天，郑君送来了三联书店刚出版的《巴黎：一席浮动的豪宴》，那是一本从食谱角度切入的文化史，描述20世纪20年代一群美国文化人如何在巴黎自我放逐。这批日后被称为"迷惘的一代"的艺术家，其聚饮离散，确实值得浓墨渲染。郑君大概是想让我把这书当作游览巴黎的指南，可书本身太重，再说我也不想过屠门而大嚼，思忖再三，还是舍弃了。没来得及仔细阅读，不过，估计其中应该有格特鲁德·斯坦因的客厅。因为，那客厅实在太有名了，早已进入了各种旅游手册。

提及"斯坦因"，历史学家想到的，大概是那位先后探访或发掘尼雅、楼兰、黑城子和吐鲁番等地遗址，骗购敦煌藏经洞众多写本及绢画，撰有《西域考古图记》和《亚洲腹地考古图记》的英国探险家马尔克·奥莱尔·斯坦因（Marc Aurel Stein, 1862—1943）；文学史家则不然，他们更愿意讲述美国现代主义作家格特鲁德·斯坦因（Getrude Stein, 1874—1946）的故事。

充满浪漫气息和逸闻传说的蒙马特高地

巴黎歌剧院

说实话，我没读过格特鲁德·斯坦因的名作《三个女人》，只是对她组织的艺术沙龙感兴趣。从 1903 年斯坦因移居巴黎，一直到"二战"前夕的 1938 年，位于卢森堡公园西边的弗勒吕斯街（Rue de Fleurus）27 号，便成了一代代富于激情、反叛意识与想象力的画家及作家的精神乐园。女主人既是教母，又是批评家，还是艺术革新的鉴赏者与怂恿者，这就难怪众多来客，日后对此兼及味觉与精神的"盛宴"念念不忘。

不必是专门家，你也会意识到，那个著名的沙龙，确实是群星闪烁——其中的画家毕加索、马蒂斯、塞尚，以及作家乔伊斯、菲茨杰拉德、海明威等，绝对都是 20 世纪文化史上的顶尖人物。艺术史家会告诉你，当年毕加索如何再三要求给女主人画像，每一次努力都不令人满意，一连画了八十多次，最后干脆涂掉写实的头部，弄成神秘兮兮的模样。这幅《斯坦因画像》，竟成了毕加索从"粉红色时期"跃入"立体主义时期"的标志。至于受影响最深的，还属年青的欧内斯特·海明威，他与斯坦因后来的恩恩怨怨，更是为文学史家所津津乐道。

中国自古以来就不乏文人雅集，青楼吟诗更是才子们的拿手好戏；可因为某位趣味高雅且善解人意的沙龙女主人，众多文人学者聚集在一起，在客厅里品尝美酒佳肴，同时争奇斗胜，"语不惊人死不休"，以至影响了一个时代的艺术风尚，这样的场面似乎还没出现过。20 世纪 30 年代的北平，梁思成、林徽因的客厅略有这种味道。可时人对此似乎不怎么认同，记得冰心还专门写了篇小说，叫《我们太太的客厅》，不无调侃嘲讽的意味。据说刚从山西考察归来的林徽因读了此作，当即着人送去一坛"味道好极了"的山西老陈醋。

出卢森堡公园西门，直对着的，就是那闻名遐迩的弗勒吕斯街。幽静的街道，两边多是画店或旧书铺，但假日里不开张，显得有点冷清。只有三两家卖小食品兼带明信片的，懒洋洋地面对着稀疏的顾客。未曾想到，巴黎市中心，还有此等闹中取静的好去处。

27号其实是一幢六层住宅楼，白色的墙体，黑色的大铁门。门的右边，刻着两行小字，说明此楼建于1894年；左边则立有一块相当醒目的大理石牌子，上面写着："格特鲁德·斯坦因，1874—1946年，美国作家，先是和她的弟弟利奥·斯坦因，后和艾丽斯·B.陶克拉斯居住于此。自1903至1938年，她在此地接待了众多艺术家和作家。"这里所说的艾丽斯，是斯坦因长期的生活伴侣，说白了，就是同性恋爱人。

大门时开时闭，不断有学生模样的人进出。大概是见多不怪，看我们拍照，全都停下脚步，友好地笑笑。一百多年前的建筑，维修得很好；加上住的是青年男女，显得生气勃勃。只是大门里有几十套房间，当年众多文友高谈阔论、觥筹交错之处到底在哪个方位，牌子上未说明。即便进去，也不见得能问出个所以然来。

门口有个牌子，剩下的，就看你如何驰骋想象了。你以为里面真的还有"一席浮动的豪宴"在恭候大驾？没那回事。

2004 年 4 月 13 日于巴黎国际大学城

（初刊 2004 年 6 月 4 日《文汇报》）

## 忧郁的巴黎

上学期，在北大讲关于"都市与文学"的专题课，带着研究生阅读、讨论了九本相关著述。其中最受欢迎的，一是卡尔·E.休斯克（Carl E. Schorske）的《世纪末的维也纳》，一是本雅明的《发达资本主义时代的抒情诗人》。学生们普遍欣赏前者的思想史研究方法，以及后者的都市漫游者目光。我也深有同感。对于后者，我感兴趣的，除了塞纳河的波光与倒影、本雅明的学识与睿智，还有就是波德莱尔的痛苦与忧郁。

由于学术入门的缘故，我之关注波德莱尔（Charles Baudelaire，1821—1867），最初缘于其对五四新文学的深刻影响——田汉之推崇"恶魔"，周作人之发挥"颓废"，还有戴望舒、梁宗岱的表彰诗艺。更让我感兴趣的是，鲁迅的散文诗集《野草》，隐约有波德莱尔《巴黎的忧郁》的影子。

走在巴黎的大街小巷，呼吸着春天里的阵阵花香，蒙蒙细雨中，眼前飘过的，并非戴望舒所期待的"丁香一样地，结着愁怨

巴尔扎克像（巴黎）

的姑娘"（《雨巷》），而是波德莱尔笔下那"孤单而深思的漫游者"：
"他很容易地置身于人群当中，尽尝狂热的享乐"；"他接受任何环
境给予他的任何职业、任何苦难和欢乐"（《巴黎的忧郁·人群》）。

在《巴黎的忧郁》的"结束语"中，诗人登上山冈，俯瞰整
座城市："到处是监狱、炼狱、地狱，一片片医院、妓院"；"这
一切犹如一朵巨大的鲜花，在万家之上绚丽开放"。这样的笔调，
与《恶之花》确实异曲同工。难怪作者称："这还是《恶之花》，
但更自由、细腻和辛辣。"而对于像我这样关注巴黎都市生活甚于
现代诗发展历程的人来说，《巴黎的忧郁》比《恶之花》更有吸引

力，因为有很多具体的生活场景，而不止是象征或通感。

偶然与正在巴黎四大留学的凌君说起，真巧，她正迷着波德莱尔。于是相约 4 月 9 日的下午，一同去寻访诗人的出生地。

巴黎的天气，就像（孩子、男人、女人的）脸一样，说变就变。为什么加括号？就因为我听过这么多不同方式的比喻。阅读时如何选择，取决于你的文化立场。反正是这样，上午还阳光普照，轮到我们上路，则是阴霾满天。

那地方并不偏僻，就在圣米歇尔广场附近；街道也很短，一会儿就走完了。可寻寻觅觅，就是找不到书上所说的那块牌子。法国人写的传记，言之凿凿，应该不会错。据说波德莱尔当年住的房子，因道路扩展，早已被拆除。原址就在奥特弗依（Hautefeuille）街 15 号，现在是阿歇特（Hachette）出版社办公的地方，外墙上镶有牌子，说明此乃一代文豪的诞生地。可我们见到的 15 号，则是装饰华丽的 FNAC 公司，好像是卖电器及其他日用品的。外墙上贴满五颜六色的大广告，根本就没有立牌子的位置；有猛男正在秀肌肉，可那绝对不是忧郁的波德莱尔。

倒回去，在 5 号的对面，倒是发现了阿歇特出版社。开始怀疑起法国学者，是不是也像中国人那么马大哈，把小巷里的 5 号，说成了大路口的 15 号？可翻来覆去，5 号周围也没有任何牌子。实在不服气，走进出版社，向人家请教。对方一听，说没错，他们出版社原先就在 15 号，后来卖给了 FNAC 公司。原先的墙上，确实有说明此乃波德莱尔诞生地的牌子。要不是我们追询，他们也不知道牌子已经不见了。

感叹欷歔之余，说起为何选择这个时候寻访，就因为今天是波德莱尔生日。于是，宾主心有灵犀，即兴唱起了"Happy birthday to you ……"。

2004 年 4 月 14 日于巴黎国际大学城

（初刊 2004 年 4 月 22 日《新京报》）

## "恐怖"的余华

到巴黎来讲学，分配给我的任务，其中一项是为参加中学教师资格考试的考生做三次专题讲座。以下四本书中，任选其一（其余的由别人讲）：余秋雨的《文化苦旅》、曹锦清的《黄河边的中国》、池莉的《来来往往》、中国社会科学出版社的《余华作品集》第一册。我毫不犹豫地选择了余华。真没想到，这一选择，给自己、也给他人带来了不少的麻烦。

踏上讲台，我问学生，读余华小说最大的感受是什么？答曰：恐怖。我想是的，尤其是我将着重讨论的《一九八六年》和《河边的错误》。读这样的小说，很难不毛骨悚然。

出乎意料的是，在巴黎讲余华，让我对"恐怖"二字竟有了新的体验。第一讲"人性与内心"，主要是介绍新一代作家的眼光、趣味及其师法对象，再落实到余华小说的创作风格。讲得很平静，条分缕析，学生反应很好。第二讲"暴力与死亡"、第三讲"疯狂与恐惧"，可就没这么幸运了。

正分析《一九八六年》中那发疯了的历史教师如何对自己实施劓刑、剕刑和宫刑，铃声大作。开始以为是打错了下课铃，后来发现不对，是警报！放下课本，随众学生匆匆下楼。广场上已聚集了很多人，但秩序井然，未见喧哗。站在我旁边的学生告知：这大楼原是北约总部，很结实的，没问题。忽然想起，昨天媒体上报道，一个名为"AZF"的组织向政府勒索400万美元和100万欧元，威胁若得不到满足，将炸毁旅客列车。这两天铁路部门正组织数万名工人在铁轨上找炸弹。难道"AZF"转移目标，跑到巴黎来安炸弹？还好，20分钟后，警报解除，重新进入教室。又得继续那既是历史记忆又是现实存在的"行刑"过程，对于师生双方来说，都不是愉快的经历。

第三周讲《河边的错误》，专注于作者对疯狂的思考，把鲁迅、陀思妥耶夫斯基、福柯等都带进来，自认为讲得不错。下课时，我开了个小小的玩笑：这回的课很好，没有警报惊扰。可回到宿舍，打开电脑，顿时傻了：西班牙马德里发生连环爆炸案，死200，伤1500。面对这样的暴行，刚刚消逝了的那颗搁在河边土堆上血肉模糊的人头，又浮现在眼前。

作为中国作家代表团的一员，余华到巴黎来参加法国图书沙龙。那天上午，约好去马德兰教堂附近的旅馆看他。先见了老朋友韩少功、李锐，再约上余华，在旅馆大堂的沙发上聊天。坐下来第一句话，就是告知他们台南发生枪击事件，选举形势大为逆转。作家们（加上后来加入的北岛夫妇）于是全都抛下文学，一门心思谈政治。除了枪击内幕、眼下正进行着的投票、烟水迷茫的两岸对峙，还有未来的中美关系等，看这架势，哪像是老友聚会，分明是在开"国际战略研讨会"。果然不出所料，这莫名其妙的两枪，竟改写了历史——蓝营最终以两万多票的差距败北。

事后想想，就我个人而言，选择在巴黎谈余华，不是个好主意。余华早期的小说，喜欢渲染恐怖的场面；但现实生活的残酷，有时远远超过作家的想象。问题在于，书面上的和现实中的"恐怖"互相映照，让客居花都、本想好好休息的我，有点吃不消。

再说，谈论暴力、复仇、杀戮、疯狂等"残忍"的话题，固然可以逼着你直面惨淡的人生。可人生毕竟还有另外一面，那就是苦难中的挣扎与奋起，以及蕴涵其中的理想与温情。同样属于余华的代表作，我更喜欢后来的《许三观卖血记》与《活着》。

2004 年 4 月 15 日于巴黎国际大学城

（初刊 2004 年 6 月 9 日《新京报》）

## 情色与文章

大概是"中国文化年"的缘故吧，热心的巴黎人，给足了中国人面子。各大书店里，大都将中国题材的书籍集中展示。拿索邦广场附近那家我看得比较仔细、也略有斩获的吉贝尔·约瑟夫（Gibert Joseph）书店来说吧，二楼文学书的"中国专柜"就挺像样的。

头回去，匆匆扫了一眼，知道有这么回事，就走了。第二回，想买两本看不懂的奇书，在这座四层楼的大书店里多逗留了一阵。不用说，又转到了让我很是得意的中国专柜前。可不看不知道，一看吓一跳。为什么？把《肉蒲团》与《杜甫诗选》搁在一起，依我的眼光，怎么看怎么别扭。

还不止李渔的《肉蒲团》，那些用春宫画做封面的，十有八九都是明清色情小说。不懂法文，只好请同行的L君念书后的内容简介，很快就"读懂"了《海陵佚史》《灯草和尚》以及吕天成的《绣榻野史》。最后一种，没把握，只能猜，估计是《玉闺红》。

左边是庄重的《李白诗选》《杜甫诗选》，右边是朴实的《女女女》（韩少功）、《古典爱情》（余华），中间夹着一堆花花绿绿的色情小说，实在叫人看不懂。

可当我在法国朋友面前谈起此事，而且语带讥讽时，对方反而觉得我少见多怪。看来，法国人对待"情色"以及色情文学的态度，确实跟我们不同。忽然间，明白了一件事。记得1997年，就在贾平凹因写作《废都》而承受极大压力的时候，法国很有影响的费米娜奖（该奖的特点是评委全部为女性，但评选的对象，可以是女作家，也可以是男作家）决定把本年度的外国文学奖颁发给法文版《废都》。那时候，很多朋友将此举解读为"政治声援"；现在看来，并不完全如此。或许，在法国人眼里，贾平凹那些夹枪带棒的描写，根本不算什么。借鉴《金瓶梅》，又有什么不妥？《肉蒲团》都能跟《杜甫诗选》摆在一起，你还有什么好说的？不是说法国人不辨文章高低，也不是说《废都》就是色情小说，我想强调的是，人家没把"情色"当洪水猛兽。

说到中国的"第一淫书"《肉蒲团》，还得穿插一件逸事。1964年1月中法建交，第一批派到中国去的留学生中，有一位叫班文干（Jacques Pimpancan）的，他的中国导师是中国社科院文学研究所的吴晓铃先生。吴先生学识渊博，但著述不多，在国内学界影响有限；可在国际汉学界，却是鼎鼎有名。很多研究中国小说戏曲的汉学家，说起北京学术圈时，最感佩的，还属吴先生。

这与他藏书多，外语好，热心助人，大有关系。接受班文干这法国学生后，你猜吴先生怎么教？送一本乾隆年间刊行的"绣像风流小说"《肉蒲团》，然后师生对讲。日后学生归去，便有了第一个《肉蒲团》的法译本。

拿《红楼梦》当课本，学习汉语及中国文学，这样的雅事，我听说过。但《肉蒲团》也能作教材，可就真的匪夷所思了。不过，话说回来，明清色情小说中，《肉蒲团》确实是最优秀的。再说，传统中国，小说本就是消闲读物，要说文字娴熟而又"不登大雅之堂"，没有比《肉蒲团》更合适的了。进入中国"俗文学"，这未尝不是一条路。另外，这则逸事还颠覆了我们对"文革"前北京学界的想象——那时候，并非真的"舆论一律"；关起门来，照样是海阔天空。

当我来到东方语言文化学院客座，班文干教授已在前几年退休，无缘当面请教。不过，法国科学研究中心的陈庆浩先生称，这逸事绝对不假，因为，是吴晓铃亲口告诉他的。陈先生主编收录了50种明清色情小说的"思无邪汇宝"（台湾大英百科股份有限公司，1994），其中《肉蒲团》一书，底本用的就是东京大学东洋文化研究所、哈佛大学哈佛燕京图书馆、北京吴晓铃以及巴黎班文干均有收藏的这乾隆年间刊本。

冬日的午后，太阳懒洋洋的，北京校场头条那座幽静的小四合院里，两位优雅的学者，手中各自一杯清茶，正在讲书："却说未央生自从别了孤峰，一路唧唧哝哝的埋怨道：好没来头，我二十多岁的人……"

2004 年 4 月 16 日于巴黎国际大学城

（初刊 2004 年 5 月 7 日《文汇报》，改题为《索邦广场旁的"中国专柜"》）

## 神异的山水

跑到国外来看中国文物或艺术展，并非毫无道理。一来流落海外的中国艺术珍品很多，不乏国内见不到的好东西；二来中国人爱面子，但凡出国展览，都会弄得挺像样；三来他乡叙旧，倍感亲切，看得格外仔细。展览无论大小，大的如1997年在华盛顿举行的"中华瑰宝展"，小的如2001年在东京都町田市立国际版画美术馆展出的"中国书籍插图"，都能看得我眉飞色舞。

作为"中国文化年"的重头戏，4月1日至6月28日在巴黎大宫博物馆举行的《神圣的山峰——中国博物馆馆藏精品展》，汇集了来自故宫、上博等八家文博单位的90件宋元明清山水绘画，以及其他文物珍品（主要由巴黎吉美博物馆提供），自是非看不可。

法国人为迎接1900年世界博览会而修建的大宫、小宫，坐落在香榭丽舍大街上，东边牵着协和广场，西边拉着凯旋门，南边则枕着塞纳河上最漂亮的亚历山大桥。到过巴黎的，大都记得这兄弟俩。选择大宫作为展览场地，本来是再好不过的了；可从

巴黎中国画展

2002 至 2005 年，这座宫殿式的展览馆正重新装修。于是，高大的脚手架挡住了众多精美雕塑，入口处显得相当拥挤，参观者须侧身转向，方能登堂入室。好在展厅不受影响，只是出入不便而已。

展品中，南宋米友仁《云山墨戏图》、元代王蒙《太白山图卷》、倪云林《六君子图》等，都是享有盛名的国宝。可我不是美术史专家，也不负责新闻报道，尽可凭自己兴趣，忽而走马观花，忽而流连忘返。事后想想，看得比较细的，大约是这么几类。

首先是长卷。作为中国山水画的特殊表现形式，咫尺天涯，纵横万里，长卷自有其特殊魅力。可长卷必须充分展开，且慢慢观赏，方能见其"长"。若只是掀开一角，或匆匆走过，则仅见其"短"。这回展出的，像法若真（1613—1696）的《天台山图卷》（1355厘米）、吴伟（1459—1509）的《长江万里图卷》（976厘米）、龚贤（1619—1689）的《千岩万壑图卷》（980厘米），以及任熊（1823—1857）的《范湖草堂图卷》（705厘米），都让我品味了好一阵。可说实话，最喜欢的，还属明人王绂（1362—1415）的《湖山书屋图卷》（828厘米）。那位自恃才高的乾隆皇帝，大概与我有同好，竟不顾死活，在画面中间，硬是题上了一首歪诗，真真气煞人也。好山好水，还要添上好书好屋，可观可赏，可居可游，笔墨之外，画家似乎还另有寄托。此君的山水，据说兼有王蒙的郁苍和倪瓒的旷远，可我感兴趣的，还是他曾参与编纂《永乐大典》，永乐十年（1412）更被派往北京，从事迁都的筹备工作。没见过他的《燕京八景图》，不知是否也是这般富有人情味？

其次是山水册页。展览的主办方，显然特别看好梅清（1623—1697）笔下的黄山。大幅广告牌及各种宣传品上，选刊的是梅清的《黄山十九景图册》；一进展览大厅，"开门见山"，见的是梅清的《黄山天都峰》；走出展览厅，过道上陈列着十多幅黄山摄影。显然，黄山以及擅画黄山的梅清，是主办方的"最爱"。梅君擅长丹青，尤好黄山，其特点是多写实景，尤能表现山峦的云烟变幻。以我外行的眼光，这"十九景"之所以得到法国人的青睐，与其用墨少，光线充足，色彩丰富，视觉效果上接近印象派的作品，不无关系。

中国文人笔下的山水，往往点缀着听瀑或弹琴的高人隐士，梅君也不例外。那幅《狮子林》上，便题有："狮子岩头石，高人此结庐。何时憩黄海，天半问邻居。予曾宿狮子林，此旧作也。"山水与人物，你中有我，我中有你，正所谓"登山则情满于山，观海则意溢于海"（《文心雕龙·神思》）。这么一来，中国的山水画，大都不含宗教寓意，而是与文人的精神世界和生活趣味息息相通。因此，你修饰"山峰"，可以用"神奇""神妙"，也可以用"神秘""神异"，但很难安上"神圣"二字。

梅清《黄山十九景图册》固然精彩，可李流芳（1575—1629）《吴山十景图》和任熊《十万图册》，却因另外的缘故，更让我怦然心动。好些年前，朋友知道我喜欢任熊的画，送给我文物出版社刚印制的《十万图册》。那十幅泥金笺设色山水，因题目均以"万"字起首而得名，据说是象征着完满俱足，如"万卷诗楼""万点青莲""万林秋色"等。画面很漂亮，漂亮到了"浓得化不开"的地步，有点像江户时代日本的浮世绘，富有装饰趣味。当时还曾把玩了好一阵。可见了原作，仍然惊叹不已。至于李流芳，除了擅长山水，还是晚明著名的小品文家。其题画册，挥洒数言，风光无限，使读者如身在其间。当年编《中国散文选》，曾专门选录了其《西湖卧游图题跋》。另外，此君还有一件逸事，让我记得很牢。魏忠贤建生祠，李君拒不往拜，称："拜，一时事；不拜，千古事。"

作为山水册页的特例，黄向坚兼及图像叙事功能的《寻亲纪程图》，引起了我极大的兴趣。黄向坚（1609－1673），字端木，苏州人。比他的善画山水更有名的，是他的万里寻亲。清人顾公燮《消夏闲记》载："明孝廉黄云美，周忠介公门人也，为云南大姚令。鼎革后，其子向坚，于干戈载道之中，跋涉山川，迎二亲回苏。自顺治二年暮出门，至十年始归故里。"黄向坚本人所撰《寻亲纪程》《滇还纪程》，详细记述了此事；而根据这一广泛传诵的义举，诗人归庄撰有《黄孝子传》、戏剧家李玉编有《万里圆》传奇，后者甚至进入了各种文学史。《寻亲纪程》，也有题《黄孝子纪程》的，图书馆一般都有收藏；而上海神州国光社1917年印制的《黄孝子万里寻亲图卷》，以及上海商务印书馆1934年刊行的《黄端木万里寻亲图册》，就不见得那么容易看到了。

随着时代思潮的转移，孝子不再被刻意表彰；可撇开"孝子寻亲"的道德意义，单是作为记录旅程的山水册页看待，黄君的《寻亲纪程图》也值得格外珍惜。现代著名画家兼收藏鉴赏家吴湖帆（1894—1968）为此图题识，除谈及画家"拜墓辞家，寻亲经一年有半，历二万余里，乃父母重逢，侍迎归乡"，更提醒读者注意："每图中画挟持雨伞而行者，即先生自身也。"同时代画家中，难得有他那么"见多识广"的——万里寻亲的另一面，便是饱览了西南大好河山。若"丽江花甸"的入画，若"莲峰旭日"的绚丽，都让人刮目相看。

当然，这回的展览，对我冲击最大的，还属出口附近类似"压轴戏"的那幅《搜尽奇峰打草稿图》。此图卷首有石涛（1642—1718）自题："搜尽奇峰打草稿"，卷尾有常被学者引用的长篇画论。相对于黄山云烟、江南水墨，我更喜欢他的悬崖峭壁、奇峰怪石、枯树寒鸦、古桥山舍，似乎这些更能体现其笔墨之恣肆与境界之高远。世间所传石涛作品甚多，其中不少是赝品。当年读高阳的《梅丘生死摩耶梦——张大千传奇》，看作者津津乐道于张大千如何精研石涛，仿作几可乱真，骗过了多少真假名士，心里很不是滋味。这幅来自故宫博物院的"搜尽奇峰"，用墨极有讲究，枯湿浓淡运用自如，借以表现山川的氤氲气象，用古人的话来说，这就叫"气韵生动"。久慕大名，今日一睹真迹，幸甚。

这么精彩的展览，唯一遗憾的是，入口处用法文和中文写着南朝宋画家宗炳（375—443）《画山水序》中的一段话："圣人含道映物，贤者澄怀味像，至于山水，质有而趣灵。"法文我不懂，中文则漏了一个"人"字，错了一个"贤"字，再加上急火烧心，弄出一身病来，"宗炳"竟变成了"宗病"——好在法国人不管这些。

2004 年 4 月 18 日于巴黎国际大学城

（初刊 2004 年 5 月 18 日《文汇报》）

另记：自《立国的根基》至《神异的山水》这六篇短文，后曾以《巴黎散记》为题刊（香港）《作家》2005年第1期。

## 作者简介

陈平原，广东潮州人，文学博士，北京大学博雅讲席教授（2008—2012年任北大中文系主任）、教育部"长江学者"特聘教授、中央文史研究馆馆员、国务院学位委员会学科评议组成员。2008—2015年兼任香港中文大学中国语言及文学讲座教授（与北京大学合聘）。曾被国家教委和国务院学位委员会评为"作出突出贡献的中国博士学位获得者"(1991)；获教育部颁发的第一、第二、第三、第五、第六届高等学校科学研究优秀成果奖（1995、1998、2003、2009、2013)等。先后出版《中国小说叙事模式的转变》《千古文人侠客梦》《中国现代学术之建立》《触摸历史与进入五四》《作为学科的文学史》《左图右史与西学东渐》《大学何为》《抗战烽火中的中国大学》等著作三十余种。

生活·读书·新知三联书店刊行陈平原编著

《北大旧事》（与夏晓虹合编），1998年；

《茶人茶话》（与凌云岚合编），2007年；

《学者追忆丛书·追忆蔡元培》（与郑勇合编），2009年；

《学者追忆丛书·追忆王国维》（与王风合编），2009年；

《学者追忆丛书·追忆章太炎》（与杜玲玲合编），2009年；

《王瑶先生百年诞辰纪念论文集》（与温儒敏合编），2014年。


《看图说书——中国小说绣像阅读札记》，2003年；

《从文人之文到学者之文——明清散文研究》，2004年；

《当年游侠人——现代中国的文人与学者》，2006年；

《学者的人间情怀——跨世纪的文化选择》，2007年；

《北京记忆与记忆北京》，2008年；

《假如没有文学史……》，2011年；

《花开叶落中文系》，2013年；

《自序自跋》，2014年

《大学小言——我眼中的北大与港中大》，2014年；

《刊前刊后》，2015年；

《大英博物馆日记（外二种）》，2017年；

《阅读日本》（增订版），2017年